SSS級スキル配布神官の辺境セカンドライフ

左遷先の村人たちに愛されながら最高の村をつくります！

01

天池のぞむ
ill.ゆーにっと

contents

プロローグ

「今日はこれくらいでいいかな」

王都グランデルから外れた深い森の中。

まもなく陽が沈もうかという時間に、大錫杖《だいしやくじよう》を手にした黒髪の少年がいた。

少年は短く息を吐くと、辺りの様子を確認する。

「それにしても、最近魔物が増えたよね」

「そうだなぁ。この森の周辺は特にな」

声を返したのは、少年の肩に乗っている黒猫だった。

黒猫は耳をピクピクと動かし、辺りの様子を窺《うかが》っている。

「ま、いい運動になって何よりじゃないか。普段机に向かってばかりのガリ勉さんにはちょうど良いくらいだ」

「まったく、そんなこと言って。魔物が増えているのは良くないでしょ」

「んむ。気になるところではあるがな。まあ、この辺には人も住んでいないし、大丈夫だと思うが」

「そうなんだけどね。でも、気になるから念のため冒険者協会の方にも報告しておくよ」

「真面目なことで。む……。相棒よ、最後にデカブツが出たぞ」

黒猫が言って、鼻をひくつかせる。

その視線の先には、巨大な銀翼の竜が鎮座していた。

竜の方も少年たちに気付いたのか、身を起こすと威嚇するように咆哮を放ってきた。

「何だっけかあの魔物。この間も出たよな。デカイゾードラゴン？」

「カイザードラゴンね。まあ、大きいことに間違いはないけど」

少年は黒猫とやり取りを交わし、臨戦態勢に入る。

手にしていた大錫杖を掲げ、勢いよく接近してきた銀翼の竜を直立不動で待ち構えた。

「確か、翼の付け根」

少年は短く口にする。それは銀翼の竜の弱点とされる部位だった。

そして――。


「お見事」

少し経った後で黒猫が呟く。

その言葉が示す通り、少年の放った攻撃は銀翼の竜を無力化していた。

「さて、それじゃ今度こそ帰ろうか」

少年は事もなげに言って、物言わぬ存在と化した竜に背を向ける。

「今日のドラゴン狩りも無事終わったな。相棒よ、宿舎に戻ったら吾輩の毛並みを整えてくれよ」

「はいはい。分かったよ」

少年は黒猫を肩に乗せたまま帰路につく。

その傍らには、倒れた魔物が山のように積み重なっていた――。

一章　左遷された神官は伝説を始める

「リド・ヘイワース。本日をもって王都神官の任を解く。明日からここに記載された地へと向かうように」

かつて女神が生まれたとされる土地、王都グランデル。その一角にある大聖堂にて。

豪奢な教会服に身を包んだ司教が、黒髪の少年神官――リド・ヘイワースに一枚の羊皮紙を手渡していた。

リドは震える手で羊皮紙を受け取り、記された内容に目を通す。

そこに記されていたのは、リドの現在の役職である王都神官を解任するとの文言。その後に「辺境の地、ラストアへと出向き従事するように」と綴《つづ》られている。

それは要するに――、

「さ、左遷……」

だった。

リドの反応を見た司教は口の端を吊り上げる。

「ど、どうしてですか、ゴルベール大司教！」

「そう声を荒らげるな、リド・ヘイワース。ここは神聖な女神様の御許《みもと》であるぞ」

ゴルベールと呼ばれた司教は白い女神像の前に立ち、嗜虐的《しぎやくてき》な笑みを浮かべたままリドを見下ろしていた。

「全くもって期待外れだったぞ、リド・ヘイワースよ。若くして王都神官に任命された天才。周囲からそう持ち上げられたからか知らんが調子に乗りおって」

「別に僕は調子に乗ってなんか……」

「ええい、黙れ！　私の言うことに口答えするなっ！」

リドの言葉にゴルベールは不快感をあらわにする。「女神の御許で声を荒らげるな」という先程の自身が放った言葉はどこかへ消え去ったらしい。

「フッ、調子に乗ってなどいないだと？　しかし貴様は先日、この私を差し置いてバルガス公爵の令嬢にスキル授与を行ったらしいではないか！」

「え？　ええ……。バルガス公爵から直接お話をいただきましたので、お屋敷へと出向き『天授《てんじゅ》の儀』を行いました」

「それが調子に乗っているというのだ。貴族からの依頼ならこの私に回さぬか」

「ですが、そんな規則はないはずです。報告しようとした際にも、ゴルベール大司教は忙しいから後にしろの一点張りで――」

「口答えするなと言っているだろうが！」

ゴルベールはまたも声を荒らげ、リドを睨《ね》めつけた。

天授の儀――。

それは、この世界で神官のみに許された神聖な儀式である。逆に言えばこの儀式を行えることこそが神官となる条件でもあった。

人間が神からスキルという異能の力を授かるための儀式。

この儀式を通じて魔法を使えるようになる者もいれば、剣術において秀でた能力を手に入れる者もいる。

中には強大な力を持つスキルも存在し、太古の戦争においてたった一人の魔導師が戦局を覆したという伝説もあれば、一人の治癒師が大国に蔓延した流行病を根絶したという逸話もあった。

そんな英雄たちの陰に隠れた、けれど決して忘れてはならない存在。

それが、スキル授与の儀式――天授の儀を担う「神官」である。

「聞いたところによれば、貴様はバルガス公爵の令嬢に【レベルアッパー】とかいうスキルを授けたらしいではないか」

「はい。そうですが……」

「天授の儀の後でスキルを発動しても何も起こらなかったと聞く。そもそも『レベル』という言葉など聞いたこともない。意味不明なスキルを貴族に授け、我らが王都教会の名に泥を塗った自覚はあるのだろうな？」

ゴルベールは反論できるものならしてみろとでも言いたげだ。

部下の事情を聞く前から決めつけるその様は、権力者の悪い見本のようでもある。

「……レベルというのは、その人間の身体能力や武芸技能などの水準を表す数値です。この世界にはまだ根付いていない概念ですが、レベルは上昇させることで強力な戦闘能力を発揮することも可能になり――」

「ハハハッ！　あまりに低俗な創作で笑えるわ。そのような虚言で誤魔化せるなどと思うなよ、リド・ヘイワース！」

リドの言ったことはもちろん虚言などではない。

しかしゴルベールは聞く耳を持たず、高笑いするばかりだ。

「あれは鍛えれば、かの有名な剣聖にも匹敵するスキルになるはずです！　現にバルガス公爵のご令嬢も説明をお聞きになった後は大変満足しておられました」

「黙れ黙れ！　満足しておられただと？　貴様は目鼻立ちが良いからな。どうせバルガス公爵の令嬢をたぶらかして好評だったかのように見せかけたのだろう！」

「そ、そんなことは……」

砂漠に落ちた宝石を探し当てるが如く――と。

そう例えられるほどに、神官になれる人間は一握りだと言われている。

だからこそ、十六歳という若さで神官となり、しかも精鋭と言われる王都神官の職に就いたリドに注目しない者はいなかった。

しかし、そんな稀代《きだい》の天才と謳われるリドを快く思わない者もいる。

自分が若い頃は上司にもヘコヘコと頭を下げ続け、努力を積んできたのだと。そういう哀れなエゴイズムを抱え、リドに嫉妬する筆頭がこのゴルベールである。

「とにかく、貴様の王都神官の任は解く。これは決定事項だ」

「く……」

もはやリドが何を言っても無駄だった。

たちの悪いことに、ゴルベールは教会内での地位だけは高い。そんなゴルベールが命じた人事に新人神官であるリドは抗う術《すべ》を持たなかった。

「分かり、ました……。明日からラストアの地へと赴きます。ですが、一つだけお願いが」

リドは所持していた麻袋から羊皮紙の束を取り出し、ゴルベールに手渡す。

「何だ、これは？」

「僕が天授の儀を担当した人たちに関する報告書です。授かったスキルの概要や、今後のスキル成長に関しての必要情報を記載しています。僕の担当していた人たちのためにも、その報告書を引き継いでいただきたく」

神官の役割は、天授の儀を行って「はい終わり」というものではない。

スキル授与を行った後、スキルをいかに磨き、いかに活用していくか。そのような指南・助言をするのも神官の役目だからだ。

スキル授与を行った人たちに不便がないよう、教会内でも情報共有すべきだと。そういう考えでリドが日頃から記録を残していたのが、今ゴルベールに渡した報告書だった。

もっとも、リドとしてはこのような状況下で渡すことは想定していなかったが。

そんなリドの熱心な思いが込められた報告書を、ゴルベールは冷笑と共に受け取る。

この間抜けなお人好しめ、と。左遷の決定は覆らないのに無駄な努力をご苦労なことだ、と。

「フッ。こんなものが何の役に立つのか分からんが、まあ良い。これは私が預かっておくとしよう」

「あ、ありがとうございます」

「では、下がれ」

リドはゴルベールに一礼した後、教会の外へと足を向ける。

「ああ、そうそう。宿舎についてはちゃんと綺麗にしていくように。もうお前の部屋ではなくなるのだからな。ハハハハハッ！」

労《ねぎら》いもなく、かけられたのは皮肉をたっぷりと含んだ言葉。

リドはそんなゴルベールの声を背に受けて、教会を後にした。

★⋆★

「おう、リド。やっと帰ってきたか。吾輩は待ちわびていたぞ」

「ただいまシルキー」

宿舎の自室に戻ってきたリドを出迎えたのは、ベッドの上でくつろいでいる雄《おす》の黒猫だった。

黒い毛の塊の中に琥珀色の瞳が浮かんでいるだけにも見えるし、人語も話しはするが、一応は猫である。

「くぁあああ……」

黒い毛玉が――否、シルキーが一度大きく伸びをすると、緑色の宝石付きの首輪が姿を現す。シルキーの体を覆う毛はフサフサで、この首輪がなければ頭と胴体の境目が分からないと思えるほどだ。

「はぁ……」

「どうした？　帰ってくるなり溜息なんかついて。早くいつものように吾輩の毛並みを整えてくれよ。それともまたドラゴン狩りの後までお預けか？」

「いや、それが……。明日からラストアの地に左遷されることになったんだ」

「はぁ？　ラストアに？　どうして？」

リドはシルキーの脇を抱えて膝の上にぽすんと乗せた。そして、丁寧にブラッシングをしながら事の顛末《てんまつ》を話していく。

「――というわけなんだ」

「なるほど。要はゴルベールの野郎にいちゃもんを付けられたと。あの野郎、吾輩の相棒を虚仮《こけ》にするとは良い度胸だ。今度アイツの寝床に忍び込んで枕元に用でも足してやろうか」

「……それはやらないでね」

シルキーはひどく怒った様子で辛辣《しんらつ》な言葉を吐く。が、喉をグルグルと鳴らしながら言われても凄みはないなとリドは思った。

「でも、僕が天授の儀を行うことで喜んでくれる人がいるなら嬉しいからね。新しい土地に行くのも良い機会だと思って頑張るよ」

「はぁ……。それは大変ご立派な心がけだがよ、リド。せっかくあんなに勉強して王都の神官になれたってのに、良いのかよ」

「まあ、ね。落ち込んでいないと言えば嘘になるけど……。ただ、辺境の土地にも天授の儀を必要とする人はいるはずだから。場所がどこであろうと、自分の力が役に立つなら僕はそのために尽くしたいと思う」

「それは、神官としてか？」

「神官としてもそうだけど、僕個人としても。それが、あの人に対する恩返しでもあると思うから」

決意のこもった瞳でリドが応じて、今度はシルキーが溜息をつく番だった。

リドは何というか、大人しそうに見えて頑固な一面があるのだ。意志が強いとも言う。

「……」

リドが語った想いは、過去に出会った恩人の影響であることをシルキーは知っていたが、それは言葉に出さないでおいた。

いずれにせよ、リドが新天地で頑張ると決めているのなら、あまり言葉を挟まないのが分別のある相棒としての在り方だろうと、猫には高尚すぎる考えで締めくくられた。

「しっかし、あのクソ司教も勿体ないことをするもんだ。『ドラゴン狩り』を一人でやってのけるような奴を自分から追い出すなんてな。後々戻ってきてくれとか言ってももう遅いぞ、まったく」

シルキーは憤慨した様子で鼻を鳴らす。

ドラゴンといえば、モンスター討伐を生業とする冒険者でも「出会ったら即逃げろ」と言われるほどの強敵であり、危険度も「指定A級」に区分されるモンスターである。

そんなモンスターをリドは日常的に、しかもたった一人で討伐していたのだ。

きっかけは「机にばかり向かっていないでたまには運動しろ」というシルキーの言葉。

「冒険者の人たちも大変そうだしちょうど良いかも」と思い至った結果、リドの中で「運動＝ドラゴン狩り」という謎の図式が完成した。

ちなみにリドはそのことをひけらかすような真似はしておらず、リドが単独でドラゴンを狩る実力の持ち主であることを、まだこの時点でシルキー以外は知らない。

「でも、王都には僕が天授の儀を担当した人たちが何人かいたから、そこは申し訳ないな。ゴルベール大司教に詳細をまとめた報告書を渡しておいたから、大丈夫だとは思うんだけど」

「報告書？　そういえば寝る時間を削ってまで何か書いてたな。まあ、そこまでしてるならお前が気に病む必要ないだろ。むしろ丁寧すぎるくらいだ」

「だと良いんだけど」

「ま、リドをお目当てにしてた人間たちが多いのは確かだろうがな。そいつら、辺境の土地まで追っかけてきたりしてなぁ。はっはっは」

「まったく、笑い事じゃないよ。そんなことになったら王都教会の面目は丸つぶれじゃないか」

リドはケラケラと笑うシルキーを軽くたしなめ、ベッドの上へと降ろす。ブラッシングをしたおかげか、シルキーの毛はより一層フサフサになっていた。

「ま、吾輩はリドのいるところならどこへでも朝飯前だ。もちろん吾輩もラストアに付いていくぞ、相棒」

「ありがとうシルキー。でも、たぶん言葉の使い方違うよ？」

「ん？　そうか？」

シルキーが可愛らしく小首を傾《かし》げたのを見て、リドは思わず笑う。沈んでいた気持ちが少しだけ軽くなったようだ。

リドは心の中でシルキーに感謝しつつ、辺境の土地ラストアに出立するための準備に取り掛かることにした。


一方その頃、大聖堂にて――。

「ククク。度を越したお人好しめ。貴様ごときの指示など、私には必要ないわ」

自分の執務室へと戻っていたゴルベールは、リドから受け取った報告書を雑に流し読みしただけで屑籠《くずかご》へと捨て去っていた。

リドの綴った報告書の分量は相当なもので、逐一《ちくいち》確認するのは面倒どころの騒ぎではない。そもそも、公爵令嬢に外れスキルを授けるような出来損ないの報告書など読むだけ時間の無駄だ。

ゴルベールはそのように考え、懐から取り出した葉巻に火を点けた。

――もしこのとき、報告書を手元に置いておくことの重要性に気付けていたのなら、まだゴルベールにとって救いはあったのかもしれない。

しかし、邪魔者を追い出すことができたという解放感に酔いしれるゴルベールの頭に、そんな考えは毛ほども浮かばなかった。

「さて。鬱陶しいガキを首尾よく追放できたことを、枢機卿《すうききょう》にも報告しなければな。これで私は更なる評価を頂戴することに……。フフ、フハハハハッ！」

ゴルベールの的外れな高笑いが夜の大聖堂に響くが、それは誰の耳にも届くことはなかった。

★★★

「ほら、シルキー。そろそろ起きて。ラストアに着く頃だよ」

「んむ……」

左遷先である辺境の地、ラストアに向かう馬車の中で。リドは膝の上で丸まっているシルキーに優しく声をかけた。

シルキーは前足でぐしぐしと目を擦《こす》った後、大きく伸びをしてから立ち上がる。

「よし相棒。下車の準備だ」

「もう。切り替えが早いんだから」

シルキーの言葉に嘆きつつもリドは下車の準備に取り掛かろうとする。といっても、リドがラストアの地に持ってきた荷物はさほど多くなかった。

神官としての仕事に関わる本や書類、そして衣服などの生活必需品が大半。他にはシルキーが所望した干し魚のおやつなどがあるばかりで、リドが持参した麻袋に嗜好品《しこうひん》の類は入っていない。

そんな持ち物の中で最も目を引くものといえば、リドの背丈をゆうに超える大錫杖だろう。

杖の先端には太陽と月を模した装飾が施されており、全体的な色合いはリドが身に着けている教会服同様に白を基調としていた。

傍目《はため》には儀式用にも見えるその錫杖が、リドの日課であるドラゴン狩りの際にも使用されることを知っているのは愛猫のシルキーだけである。

と、リドが馬車の外に目を向けようとしたそのとき――。

――ガゴンッ！

窓の外の景色が大きく揺れる。いや、正確にはリドたちの乗っている馬車が揺れた。

「な、何だ？」

どうやら馬車が急停車したらしく、御者が慌てふためいた様子で前方を見やっていた。

リドが咄嗟に荷物を抱え馬車の外へと出て、シルキーもそれに続く。

リドは目がいい。だから、その先に広がる光景を瞬時に捉えることができた。

「御者さん、ここまでで大丈夫です！　危険ですから引き返してください！」

「わ、わかりましたっ！」

状況を確認したリドは御者に声をかけると同時、大錫杖を片手に駆け出す。

――リドが目にしたもの。それは、ワイバーンの大群に襲われる少女の姿だった。

「このっ――！」

ワイバーンが少女に噛みつこうとしたその瞬間。リドは疾駆した勢いそのままに、錫杖の底でワイ

バーンの喉笛を刺突した。

――ギャアアアスッ！

リドの攻撃を受けたワイバーンは苦痛の叫びを上げつつ、堪《たま》らずといった様子で空へと逃れた。

「大丈夫⁉　怪我はない⁉」

「は、はい……！」

リドの声に応じたのは白い修道服を身に纏った銀髪の少女だ。

ワイバーンから逃げる際にできたものだろう。修道服の何箇所かは破れ、露出した肌が擦り切れてはいたが、大きな外傷はないようだった。

「やれやれ。まさか杖でぶっ飛ばすとはな、相棒」

「だって、一刻を争う状況だったし」

リドを追いかけるようにしてやって来たシルキーが、少女の肩の上にぴょこんと乗っかる。

「シルキーはその人をお願いね」

「あいよ。任された」

「え？　猫さんが喋って……。ええ？」

「ただの猫じゃないぞ。防御結界を張ったから安心するがいい」

シルキーの言葉通り、少女の周りは透明な緑色の結界に覆われていた。

少女はリドとシルキーを交互に見やっていたが、リドが結界の外に出てワイバーンの群れと対峙するのを見ると叫声《きょうせい》を上げる。

「む、無茶ですっ！　ワイバーンの群れを一人で相手にするなんて！」

少女が叫んだように、ワイバーンは一人で相手にできるような魔物ではない。本来、熟練の冒険者が集団で対処に当たる魔物なのである。

冒険者たちが定める危険度ランクもB級に区分され、人里に現れれば甚大な被害をもたらすとされている。

そのワイバーンが群れを成しているのだ。常識に照らし合わせれば、一人で立ち向かうなど無謀の一言である。

しかし、リドの心配をする少女とは対象的に、シルキーは余裕の笑みを浮かべていた。

「リドの方はもっと安心していいぞ、嬢ちゃん。吾輩の相棒にとっちゃあんな翼竜を蹴散らすくらい夕飯前だ」

「え……？」

リドが目を閉じ念じると、構えた大錫杖が激しく輝き出す。おびただしい量の光を纏い、神々しいとすら感じさせる光景だった。

――《アロンの杖》。

それがリドの扱う大錫杖の名だ。

リドは開眼し、《アロンの杖》に向けて呟く。

「神器、解放――」

途端、リドが掲げた《アロンの杖》から光が解き放たれた。

それは無数の光弾となって弧を描き、上空から滑空してきたワイバーンの群れを撃ち抜いていく。

――圧倒的だった。

ただ一言、ただ一度の攻撃にして、リドの放った光弾は全てのワイバーンを余すことなく、そして苦痛を感じさせることすらなく、絶命させたのである。

「す、凄い……」

「な？　だから言っただろう？」

少女の青い瞳が見開かれるその傍らで、シルキーが勝ち誇った声を漏らしていた。

★
★
★

「本当にありがとうございましたっ！　貴方は命の恩人です！」

リドがワイバーンを退《しりぞ》け、襲われていた少女の応急手当を済ませた後のこと。

少女はリドに向け深々とお辞儀をしていた。

「いや、君が無事で何よりだったよ。間に合って良かった」

「ふふん。リドは最強だからな。たくさん感謝するといいぞ」

「こら、シルキー」

軽口を叩くシルキーとそれをたしなめるリドを見て、少女はどうしていいか反応に困っている。

少女の背丈は、あまり背が高くないリドよりも更に小柄だ。銀細工のように輝く髪色と、宝石のような青い瞳が印象的で、纏っている修道服が擦り切れていなければ妖精や精霊の類に見紛う者もいるかもしれない。

「あ、あの。私、ミリィ・シャンベルといいます。もしかして貴方は、リド・ヘイワースさんですか？」

「え？　うん、そうだけど。どうして僕の名前を？」

「やっぱり！」

ミリィと名乗った少女は胸の前で両手を合わせると、青い瞳をパァっと輝かせた。中々に表情豊かな少女だ。

「今日、王都から私たちの村に神官さんがいらっしゃるってお話があったんです。教会の服を着てるから、そうなのかなって」

「ああ、なるほど。私たちの村ってことは、ミリィはラストア村の人なの？」

「はい、ラストア村でシスターをやっています。と言っても、まだスキルすら授かっていない見習いなんですけど。それに引き換え、リドさんは凄いです！」

「そ、そうかな？」

「凄いですよ！　あれだけの数のワイバーンをいっぺんに倒しちゃうんですから。私と同じくらいの年齢に見えるのに、尊敬しちゃいます」

リドは元来、褒められるのがあまり得意ではない。だからこうして真っ直ぐな言葉を向けられると対応に困ってしまうことが多々あった。

もっともそれは、ゴルベールから事ある毎に難癖を付けられ、小言や叱責を繰り返されてきたからというのが原因だったが。

「くっくっく。中々面白いお嬢ちゃんだな、リドよ。あのゴルベールとかいうクソ司教よりも、このお嬢ちゃんの方がよっぽど見る目あるじゃないか」

リドの肩に乗っていたシルキーが言葉を発し、ミリィは青い瞳でじぃっと見つめる。

「リドさん。さっきから気になってたんですけど、この猫さんは？」

「吾輩の名前はシルキー。リドの相棒だ」

「へぇ、そうなんですね……。って、そうではなくて」

なぜ猫なのに人の言葉を喋っているのか。先程の戦闘では防御結界を張ったりしていたが、一体なぜそのようなことができるのか。

そんな疑問を浮かべているらしいミリィの心中を察し、リドは苦笑いを浮かべる。

「はは……。まぁ、シルキーのことはおいおいということで」

「は、はい。シルちゃん、よろしくお願いしますね」

「ちゃん付けかよ。まあ良いが」

ミリィに前足を握られながら、シルキーがやれやれと溜息をつく。

そうして各々の自己紹介を終えた一行は、ラストアの村へと向かうことにした。

その道中で、リドは思い付いたようにミリィへと尋ねる。

「ところで、ミリィはどうしてあんな所にいたの？」

「えっと、実はこの薬草を採りに来ていたんです」

「そういえば大事そうに抱えてたね、それ」

リドはミリィが持っている薬草の葉を見つめる。

「より上質な薬草であるほど大きな葉を持つ」というのは薬学に詳しくない者でも知っている定説だったが、ミリィの持つ薬草の大きさは通常の倍以上はあろう。

ミリィはワイバーンに襲われている最中にあっても、決して薬草を手放そうとしなかった。

その事実からも彼女が大切に抱えている薬草には何か特別な意味があるだろうと、リドは考える。

「実は今、ラストアの村では大勢の人が病気に罹《かか》っているんです」

「病気に？」

「はい……。原因不明の、流行病です。私を含め一部の人は無事なんですが……」

「そうか。だからミリィはあそこで薬草を？」

リドの言葉にミリィはこくりと頷く。

薬草を握っていたミリィの指には所々に切り傷があり、土に汚れていた。

必死で薬草を探し当てたのだろう。その姿からは、ミリィという少女の献身性が表れているように感じられた。

「あっはは、すみません。せっかくリドさんが村にやって来てくださった初日だっていうのに、暗い話になっちゃって。でも大丈夫。きっとこの薬草でみんな良くなるはずですから！」

切り替えるように明るく言ったミリィを見て、優しい子だなとリドは思った。

★★★

「あまりに帰りが遅すぎる！　私が探してきます！」

夕暮れ時――。

リドたち一行がラストア村に到着すると、遠くの広場で声を荒らげている人物がいた。

声を発していたのは赤髪の女性で、老人に何かを訴えかけているようだ。

「しかしラナよ。お主のその体では……」

「ですがカナン村長！　私の妹が危険な目に遭っているかもしれないんです！　臥《ふ》せってなどいられませんっ！」

ラナと呼ばれた赤髪の女性は必死の形相だったが、顔色は悪く、腕には青い斑点が浮かび上がっていた。

と、その様子を見つけたミリィが、手を振りながら駆け寄る。

「ラナお姉ちゃーんっ！」

「あれは、ミリィ!?　無事だったか！」

近づいてきたミリィを抱きとめ、ラナは安堵の表情を浮かべる。

「ああ、本当に良かった……。帰りが遅かったから魔物にでも襲われているのではと心配していたんだぞ」

「ごめんなさい。みんなのためにもなるべく上質な薬草を探したくて」

「まったく。あれほど無茶をするなと言っておいたのに……。ん？」

ラナは一歩下がった所にいたリドとシルキーに気付いたようだった。

「ミリィ、あの者たちは？」

「あ、うん。実はね――」

ミリィが身振り手振りを交えながら事の顛末を話していく。

それが終わると、ラナは赤い髪が乱れるのも構わず、リドに向けて深々と頭を下げてきた。

「リド君、だそうだな。本当に感謝する。妹の窮地を救ってくれたこと、いくら礼を尽くしても足りん」

「い、いえ……」

リドの肩に乗っていたシルキーが、困惑気味の相棒を見ながら楽しそうに笑う。

「くっくっく。姉妹揃ってお辞儀の仕方は一緒なんだな」

本当にその通りだなとリドは思いながら、称賛を受けることになる。

でも、ワイバーンからミリィを助けられて良かったなと、リドが安堵しかけたそのとき――。

「う……ぁ……」

「お姉ちゃん!?」

ぷつん、と。

糸を切られた操り人形のようにラナの体から力が抜け、隣にいたミリィが慌てて支える。

ラナの額には大粒の汗が浮かんでおり、顔面は蒼白だ。

それを見て、先程までラナと話していた村長らしき老人が声を上げた。

「いかんっ！　すぐに教会へ運ぶのだ――――！」

★
★
★

突然倒れたラナを連れてラストア村の教会に移動すると、そこには多くの人が横たわっていた。

その場にいた人間の腕や足には、共通して青い斑点が浮かんでいる。

「これは……」

「病に罹《かか》った村の者たちです。私やミリィなど、無事な者もおるのですが、村民の半分以上は動くことすらままならない状態でして……」

リドにそう説明したのは、村に到着した際にラナと一緒にいたカナン村長だ。

事前にミリィから聞いていた通り、ラストア村の住人の大半が謎の病に倒れているらしい。

「回復系のスキルを持った人は村にいないんですか？　魔法などは……」

リドの問いに対してカナン村長は静かに首を振る。

「回復魔法も試してみたのですが、少しの効果も現れず……。通常の治療薬でも同じ状況でして」

「そう、ですか……」

カナン村長は悲痛な表情を浮かべると、床に横たえられたラナを見て呟く。

「ラナも病に罹っていて、本来あそこまで動けんはずなのですが。姉妹揃って無茶なことを」

「お姉ちゃん……」

「心配するな、ミリィ。少し休めば、良くなるさ」

言葉とは裏腹にラナは憔悴《しょうすい》しきっており、腕に表れていた青い斑点が顔の一部にまで及んでいる。

ラナの浮かべた笑顔が妹を心配させないための強がりであることは、誰の目にも明らかだった。

「お姉ちゃん、これを飲んで」

ミリィは採ってきた大型の薬草の一部を煎《せん》じてラナの口に含ませる。どうか効いてほしいと、そういう願いを込めながら。

そしてしばし時間を置いたのだが……。

「うっ……。ゲホ、ゴホッ！」

ラナは苦しそうに呻《うめ》き、激しく咳き込む。

ミリィが採取した上質な薬草をもってしても、ラナに快復の兆しは見られなかった。

「この薬草でも駄目だなんて。一体どうしたら……」

「打つ手なしか……」

ミリィがその場にへたり込み、カナン村長は悔しそうに頭《かぶり》を振る。

ラナを始め、村人たちが衰弱していくのを見ていることしかできないのかと、ミリィは無力感に苛《さいな》まれる。

「――いや、手はある」

そんな中にあって、しかしリドがはっきりと断言した。

「ほ、本当ですか、リドさん？」

「うん」

「それは、一体どんな？」

「僕がミリィに『天授の儀』を行うんだ。もちろん、君が良ければだけど」

天授の儀――。

神官のみが行える、人がスキルという異能の力を授かるための儀式だ。

どのようなスキルを授かれるかは神官の技量が影響すると言われているが、謎も多い。

原理や法則性は元より、そもそもなぜ神官のみが天授の儀を行えるのか、他の人間との差異は何なのか等、未だ解明に至っていない要素が多々あるのだ。

――けれど今、ミリィにとってそんなことはどうだって良かった。

ただ必要なのは、自分の大切な人たちを救うための手段とその行使。

ミリィは緊張気味に、けれど意志のこもった顔で頷いた。

「お願いします。それでお姉ちゃんやみんなを救える可能性があるのなら」

「分かった。それじゃあ、僕の方に背を向けてほしい」

「はい」

膝を曲げて腰を落とし、ミリィは胸の前で両手を組む。まさしく修道女が捧げる祈りの姿勢だ。

それはシスターであるミリィが村の平穏を願い、何度となく繰り返してきた所作だったが、今はリド・ヘイワースという少年神官がいる点において異なっていた。

リドがミリィの背中に手を添えると、周囲に光の粒子が漂い始める。

そんな二人を、カナン村長とシルキーが遠巻きに眺めていた。

「しかし、天授の儀で授かることのできるスキルはたった一つだけのはず。リド殿がミリィに天授の儀を行ったとしても、都合良くこの状況に即したスキルを授かるなど、できることなのでしょうか？」

「ふっふっふ。その不安は分かるがよ、じっちゃん。リドなら大丈夫だよ。心配無料ってやつさ」

「……ええと。もしかして心配無用ですかな、シルキー殿」

「そうそれ。まあとにかく、大丈夫さ」

「は、はぁ」

シルキーが言って、カナン村長は天授の儀を行っている二人の方へと視線を戻す。

直後、その現象は起きた。

「え――？　り、リドさん。これは……」

目の前に広がった光景にミリィが狼狽《ろうばい》したのも無理はない。

空間を埋め尽くすのではないかという量の文字列が、そこには表示されていたのだ。

「これが今、ミリィに授与可能なスキルの一覧だ。この中にあるものならどれでも選んでスキル授与できるよ」

「う、嘘……。こんな、百以上はありますよ？　そもそも天授の儀でスキルが選べるなんて、聞いたことがありません」

「おお、これは神の御業《みわざ》か……」

リドが告げた事実に、ミリィとカナン村長が驚嘆の声を上げる。

「【精霊召喚《せいれいしょうかん》】や【全自動狙撃《ぜんじどうそげき》】、【爆裂火炎魔法《ばくれつかえんまほう》】のスキルまで。どれもが一級品のスキルばかり……」

天授の儀によってもたらされるスキルは、神聖文字という特殊な言語で表示される。

そして、それらの文字には「色」が付いている。

一般的に「白」は低級。「青」や「緑」が中級で、「赤」なら滅多にお目にかかることのできない上級スキル、というのが定説だ。

赤文字のスキルを発現させた神官には、もれなく天授の儀の依頼が殺到すると言われている。

かつて、毎度のように赤文字のスキルを授ける神官が現れた際には、その神官の滞在した街が聖地として認められたという逸話もあるほどだ。

――しかし、リドが発現させたスキルの中には、それらどれにも当てはまらない色の文字列があった。

「これだけあれば」

リドは表示された様々なスキルを目で追っていく。

そして、見つける。

「あった！　これなら――」

リドが両手を交差させて広げると、文字列の中から一つのスキルが拡大される。

その文字は、金色に輝いていた。

「これは、【植物王の加護】――？　聞いたこともないスキルです。それに文字の色が金色なんて、見たことが……」

「このスキルの詳細を表示させるね。ミリィ、神聖文字は読める？」

「はい。一通り勉強しましたが」

「うん。それなら問題ないか」

リドが追加で文字列を表示させると、ミリィは青い瞳を見開く。

「『植物王の加護を受け、あらゆる植物を操作・使役できる。触れた植物の効能を最大限向上させることも可能』。リドさん、これならもしかして……！」

頷いたリドを見て、ミリィは急かすように懇願する。

リドがそれに応じて念じると、辺りを漂っていた光の粒子がミリィの体に吸い込まれていった。

「ミリィ。君が採ってきたこの薬草に触れてみて。そして念じるんだ。『其の内なる力を示せ』と」

「は、はい」

ミリィがリドの差し出した薬草に触れて祈ると、その葉は光り輝き形を変えていく。

「こ、これは……」

そこに現れたのは、薬草の樹だった。

実った葉はどれもが巨大で、人の背ほどの大きさがある。

「より上質な薬草ほど大きな葉を持つ」――。

その定説に基づけば、ミリィの前に現れたのは最高級の薬草と考えていいだろう。

ミリィはリドと頷き合い、すぐに薬草の樹から一部をもぎ取る。

「お姉ちゃん。今度こそ」

「ん、む……」

ミリィがもぎ取った葉を煎じて飲ませると、ラナがパチリと目を開けた。

「こ、これは……」

「お姉ちゃんっ！」

「おお、ラナよ！」

ミリィとカナン村長が歓喜と驚嘆の入り混じった声を上げる。

ラナの腕や顔に現れていた青い斑点は消え去っていて、顔にも血の気が戻っていた。

「リドさん、これなら！」

「うん。みんなに飲ませてあげればきっと良くなると思う」

その後はリドの言葉通りだった。

ミリィが巨大薬草から煎じた薬剤を一口飲ませるだけで、病に罹っていた村人たちはたちどころに快復していった。

「やった……。やった……！」

村人たちを介抱したミリィの目には涙が浮かぶ。快復した村人たちも集まって喜び合っていた。

「リドさんっ！　本当に、本当にありがとうございます！　リドさんは神様です！」

「リド殿。村を代表してお礼を言わせてください。私は今日、神の奇跡を目撃しました」

ミリィとカナン村長がリドの所まで来て、そんなことを言う。

「二人とも、そんな……。今回のことはミリィの採ってきた薬草がなければできませんでした。僕はその手助けをしただけです」

「もう……。リドさん、謙虚すぎますよ」

ミリィは泣き笑いのような表情になって涙を拭う。

そして目を覚ました村人たちに事情を説明するため、歓喜の輪の中に溶け込んでいった。

その様子を見てから、リドは肩に乗ってきたシルキーに目を向ける。

「お疲れさん相棒。到着早々、さすがだったな」

「ありがとう、シルキー。でも……」

リドが思案顔になり、シルキーがその言葉の後を継ぐ。

「ああ。村人たちが罹ってた病。あれには何か原因がありそうだな」

「そうだね。少し、調べてみる必要があると思う」

とりあえず今は疑問の吟味は後回しにしようと、リドは一つ息をつく。

シルキーも切り替えるように、うーんと伸びをした。

「まあ、一旦は解決したようだし良かったじゃないか。さて相棒、吾輩はお腹が減ったぞ」

「もう、シルキーってば」

シルキーの訴えに嘆息しながらも、リドは安堵の表情を浮かべる。
こうして、左遷先に到着した初日は慌ただしく過ぎていくのだった。

二章　特別な村

「リドさん、アンタは神様だ！　オレたちを助けてくれて本っ当にありがとう！」

「いえ、僕は僕にできることをやっただけで……。皆さんの病気が治って何よりです」

「リドさんは王都から来たんだってな。何にもない村だけど、歓迎するよ。あ、これは病気を治してもらったから言ってるわけじゃないからな」

「あ、ありがとうございます」

　これで何人目だろうか。

　リドがラストア村に到着した初日。病に罹っていた村民を救出した日の夜のことだ。

　村の中央広場にはラストア村の住人たちが集まり、リドに感謝の言葉を伝えていた。半刻ほど経ってようやくリドは称賛の嵐から解放されつつある。

　褒められることが得意でないリドにとっては中々に気疲れする時間だった。

「……」

　それでも、リドは村の住人たちに感謝していた。

　余所者のはずの自分を疎《うと》ましがるでもなく、むしろ歓迎してくれて。それはリドにとって嬉しいことだった。

「よう。お疲れ相棒」

「シルキー、そんなに食べて大丈夫？」

村人たちとのやり取りを終えた後、リドは広場の外れにいたシルキーのもとへと向かう。

シルキーの前にはいくつもの皿が重ねられており、料理を平らげた跡があった。そのためか、着けた首輪の下、お腹の部分がぽっこりと膨らんでいる。

「村の人間たちがどんどん喰ってくれと言うもんだから、つい。いやぁ、ここの村の人間は良い奴らばかりだな。ほら、リドも食えよ」

「うん。ありがとう」

シルキーが料理の盛られている皿を差し出してきて、リドも手を付けることにした。

村の伝統料理だという獣肉の香草焼きをかぷりと一口。適度に利《き》いた香草の風味と濃厚な獣肉の味わいに、ただでさえ腹を空かせていたリドは舌鼓《したつづみ》を打つ。

「うわぁ、美味しい！　さすが風光明媚《ふうこうめいび》な所だけあって素材も新鮮だね」

「うんうん。吾輩もそう思うぞ。フウコウメイビは美味しいもんな」

「……シルキー、風光明媚ってのは食べ物じゃないよ」

いつものやり取りを繰り広げつつ、広場中央の喧騒から離れて穏やかな時間が過ぎていく。

ちなみに何故リドとシルキーが村の広場で食事をしているかというと、村の住人が病気から立ち直ったことにより、ちょっとした快気祝いの宴が開かれていたからだ。

「あ、あの、リドさん。私もご一緒していいですか？」

微かに震えた声にリドが顔を上げると、そこにはミリィがいた。

「ああ、ミリィ。どうぞ」

「ありがとうございます。そ、それじゃお隣、失礼します」

ミリィはそう言って腰を下ろしたのだが、リドとの距離が近すぎて肩がぶつかってしまう。

「っと」

「あわわっ！　すみません！　つい――」

「つい？」

「い、いえ！　なんでもないです！」

一人で勝手に狼狽《うろた》えているミリィを見て、シルキーが「慌ただしい娘だな」と鼻を鳴らしていた。

「そういえば、リドさんは何故この村に来てくれたんですか？　リドさんほどの神官さんなら王都で引く手数多《あまた》だったと思うんですが」

食事を終え談笑していると、不意にミリィがそんなことを聞いてきた。

「えっと……」

「リドはな。左遷されたんだよ。見る目のないクソ司教のせいでな」

「左遷？」

疑問を浮かべたミリィに対し、仰向けに寝転がっていたシルキーが事の経緯を話していく。

公爵令嬢に意味不明なスキルを授けたとして無能扱いされ、半ば強引に左遷されたこと。その辞令は、若いリドを見下していたゴルベールという大司教によって出されたものであることなど。

シルキーの話を聞いたミリィは眉を吊り上げ、怒りの感情をあらわにした。

「そんなのあんまりです！　あれだけのことができるリドさんを無能だなんて！」

「ま、公爵とかその令嬢なんかはリドの本質に気付いて感謝してたけどな。見る目がなかったのはあのクソ司教くらいのもんさ。見る目がなかったってより、信じたくなかったと言った方が正しいか」

「信じたくなかった？」

「さっきリドが天授の儀をやったときのこと、覚えてるだろ？」

「はい。あんないくつものスキルを表示させて選択できるなんて、凄かったです。それに、私が授与してもらった金文字のスキルなんて初めて見ました」

ミリィの言葉にシルキーは静かに頷く。

「そう。リドが行う天授の儀はいつもあんな感じなんだ。それをゴルベールの奴に報告しても『金文字のスキルなんて見たことがない。いくつものスキルから選択できるなどあるわけがない。デタラメだ』って信じなかったようでな。面倒くさかったのか現場に来たこともなかった」

「そんな……」

「本来は運次第とも言える授与スキルを任意で選べちまうなんて、反則的だからな。そんな儀式を自分よりも若いリドが執《と》り行えるなんて信じたくなかったと、そういうわけだ。本人は自覚してるのか知らんが」

シルキーがそこまで言って、リドがその場に立ち上がる。

「でも、僕はこの村に来れて良かったって思ってるよ」

「確かに左遷を命じられたときは悔しかったし、落ち込まなかったって言ったら嘘になる。でも、この村の人たちが喜んでくれるのを見て思ったんだ。天授の儀を必要としている人はどこにでもいるって。それに、さっきもたくさんの人が歓迎してくれた。だから、僕はこの村の人たちのために頑張りたいなって思う」

「え？」

リドにとって、その言葉は本心だった。

取り繕うわけでもなく言い切ったリドを、ミリィは羨望の眼差しで見上げていた。

「な？　吾輩の相棒はこういう奴なんだよ。お人好しにも程があるだろ？」

「ちょっとシルキー」

「ふふ、そうですね。私もシルちゃんの言う通りだと思います」

「ミリィまで」

柔らかく笑ったミリィを見てリドは肩を落とす。

「でも、私はリドさんのこと、本当に尊敬しますよ」

ミリィが笑顔のままでそんなことを言った。

青く澄んだ瞳を向けられたのがどこか照れくさくて、リドは頬を掻く。

そうして談笑していると、ある人物が近づいてきた。

「やぁリド君。こんな所にいたのか」

「あ、お姉ちゃん」

「ん？　ミリィも一緒か」

やって来たのはラナだった。

ラナはリドと一緒にいたミリィを見て、顎に手を当てて考え込む。

そして何かを察したのか、小さく「なるほど」と呟き、わずかに口の端を上げた。

「ラナさん。もうすっかり体の具合は良いようですね」

「ああ。本当に、君のおかげだ。ワイバーンに襲われたミリィを救ってくれた件といい、リド君には頭が下がるよ。……と、それを伝えたかったのもあるが、リド君に話しておくことがあってな」

「はい、なんでしょうか？」

ラナが咳払《せきばら》いを挟んで言葉を続ける。

「リド君の寝所についてだ。この村の教会にも寝泊まりする場所はあるんだが、なにぶん狭い上にボロボロでな」

「別に僕はそれで十分ですけど」

「いやいや、せっかく村にやって来てくれた君にそこで、というのも忍びない。だからさっきカナン村長にも話してきた」

何だろうかとリドが怪訝《けげん》な顔を向けた。それは隣にいたミリィも同じで、二人揃ってラナの言葉を待つ。

「ウチの家に部屋の空きがある。リド君さえ良ければ、そこを使ってもらおうかと思うんだ。それなりに整っているし家具も付いてる。どうだろう？」

「え？　良いんですか？」

「ああ、もちろん。その方が何かと都合も良いだろうしな」

ラナは不敵に笑い、一瞬だけリドの隣へと視線を送った。

「良いじゃないかリド。お言葉に甘えるとしようぜ」

「ええと。では、よろしくお願いします」

「よし、決まりだな」

ラナがパチンと指を鳴らし、リドは照れくさそうにお辞儀をしている。

そんなラナとリドのやり取りを見て一人、歓喜に沸く少女がいた。

（り、リドさんと一つ屋根の下……！）

ミリィである。

ミリィは早鐘《はやがね》を打っている心臓を抑えつけようと修道服の裾をギュッと握るが、全く効果はなかった。

「じゃ、そういうことで。私はまだカナン村長と話があるから。後はミリィに場所などを聞くといい」

「あ、そっか。ラナさんとミリィは姉妹だから家も一緒だよね。ミリィ、よろしくね」

「……」

「ミリィ？」

「え？　あ、はい！　こちらこそ不束者《ふつつかもの》ですがよろしくお願いしゅましゅ！」

思いっきり噛みながら言ったミリィの挙動不審ぶりに、リドは首を傾《かし》げる。

「そ、それではリドさん、こちらへっ！」

「あ、ちょっ、ミリィ？」

リドの服の裾を掴んでぎくしゃくと歩き出したミリィを見て、シルキーはやれやれと溜息をつきながら付いていくことにした。

相棒が理不尽に左遷されたときはどうなることかと思ったが、この分ならうまくやっていけそうで何よりだと、シルキーはそんな安堵を抱く。

そしてふと、空に浮かんだ丸い月を見上げ、遠く離れた王都のことに思考を巡らせた。

「さて、リドを追い出したクソ司教は今頃どうしてやがるかね――」

★
★★

「ゴルベール大司教。こちら、教会宛に届いたリド・ヘイワース神官に関する書簡《しょかん》です」

「う、うむ。ご苦労」

王都教会の片隅にある大司教執務室にて。

秘書の男が、抱えていた書簡をゴルベールの執務机の上に置いた。

それは書簡の束《たば》、というよりも山であり、ゴルベールの執務机は大量の便箋《びんせん》や封筒の類で埋め尽くされる。

「なぜ左遷された者に関する書簡がこんなにも多く届くのだ？」

「さ、さあ」

ゴルベールは不穏な空気を感じながらも、目の前に積まれた書簡に手をかける。そして一つ一つ封を切り、内容に目を通していく。

——その結果。

「こ、これは一体どういうことだ」

ゴルベールが信じられないといった様子で声を漏らす。

結論として、届いた書簡はそのほとんどが「抗議文」だった。

差出元はリドが天授の儀を担当していた者たち。リドを左遷した教会の判断を痛烈に批判する内容である。

リドの左遷について、公には転属という形で発表されていたものの、手紙の差出人たちはそれを愚直に受け入れたりはしなかった。

「なぜ教会はあれだけの人物を辺境の土地に追いやったのか」、「一体誰がこのような馬鹿げた人事を決定したんだ」、「是非あの方と交際したいと考えていたのに！」等々。

……いや、最後については私情を多分に含んでいたが。

とにかく、届いた内容から察するに、リドは天授の儀を担当していた者たちから非常に高い評価を得ていたようである。

「どうやら、リド・ヘイワースは人に取り入る能力だけは相当に高かったらしいな。でなければ奴がこうまで賛辞を受けるなどあり得ん」

「は、果たしてそうなのでしょうか？」

「あ？」

ゴルベールの睨めつけるような視線を受けて、秘書の男が口をつぐむ。

「フン。現に奴がバルガス公爵のご令嬢に授けたスキルは【レベルアッパー】とかいう意味不明なスキルだったのだぞ。もし本当にリド・ヘイワースが有能であるならば、もっとまともなスキルを授けていたはずではないか」

「確かにそうですが……」

「公爵令嬢がスキルを使用したところ、最弱種であるスライムにも苦戦する状況だったと聞く。これらの抗議文書にしても、奴が若いからという理由で色眼鏡を持つ者が多かったに違いないのだ」

ゴルベールはどっかと椅子に背を預け、言葉を続けた。

「それに、リド・ヘイワースが受け持っていたのは平民ばかりなのだろう？」

「ええ。確かに彼が天授の儀を担当していた中で貴族といえば、バルガス公爵のご令嬢くらいだったと記憶していますが」

「バルガス公爵のご令嬢か……」

ゴルベールにとって、貴族というのは謂《い》わば「上客」である。

多額の寄付金を納めてくれる貴族はそれだけで貴重であり、彼らこそ丁重に扱うべき存在だというのがゴルベールの考えだ。

寄付金に留まらず、献金を申し出る貴族には、ゴルベールの裁量で何かと融通を利かせることも多かった。それはつまり、賄賂というものだ。

裏を返せば、ゴルベールは平民を軽視しているのだ。

だから、ゴルベールにとって目の前に積まれている書簡は些末な問題であった。

無論、自分が左遷を命じた人物が評価されているという事実に若干の腹立たしさを覚えてはいたが。

「よし。バルガス公爵のご令嬢については私が受け持とう」

「ゴルベール大司教がスキル授与後の指南を？」

「ああ。私が直々にということになれば、よもや不満もあるまい。バルガス公爵のご令嬢がリド・ヘイワースの奴に入れ込んでいる可能性も捨てきれんしな。その場合は誤った見方を修正しておかねばならん」

「か、かしこまりました。それではそのように手配を」

「ああ」

ゴルベールはそこで何かを思い出したかのように、秘書の男へと問いかけた。

「そういえば、そろそろドライド枢機卿が遠征からご帰還なさる頃だろう。あとどれくらいだ？」

「あ、はい。あと十日ほどで王都に到着される予定となっております」

「そうか。分かった」

ゴルベールは秘書の男を下がらせ、取り出した葉巻に火を点ける。

そして、今回のことは枢機卿に報告するまでもない些事《さじ》だろうと決めつけた。

――そうだ。何も問題はないはずだ。

ゴルベールは独りごちて、白い煙を大きく吐き出す。

その白い煙はすぐには消えず、ゴルベールの周りを暫《しばら》く漂っていた。

まるで全ての考えが決定的に間違っていると、告げるかのように――。

★★★

「リドさーん。朝ですよー」

「ん、ううん……」

まだ朝靄《あさもや》が立ち昇っている時間。

部屋の外からミリィが声をかけていたが、中にいたリドからは明確な反応がなかった。

「失礼しますー。リドさん？」

「う、ん……あと五分……」

おずおずと部屋の中に入ってきたミリィに対し、リドはベッドの上でもぞもぞと体を動かすばかりだ。

「よう、ミリィ」

「あ、シルちゃん。おはようございます」

またも眠りについたリドとは対象的に、シルキーは既に活動を開始していた。

窓辺から跳躍してベッドの上に着地するが、リドはそれでも起きる気配がない。

「やれやれ、相変わらずだな」

「リドさんっていつもこうなんです？」

「ああ。コイツは真面目で欠点なんてなさそうに見えるが、意外とそうでもない。まずご覧の通り朝が弱い。あと料理も苦手だ。だから、ミリィのようにメシを作れる人間と同居できたのは吾輩にとっても幸運だったわけだ」

「へぇ、そうなんですね。でもリドさんのそういう一面が見られるのは、ちょっと嬉しいかもです」

そう言ってミリィは顔をほころばせる。

「とはいえ、どうしましょう？　早くしないと朝ごはんが冷めちゃいますし」

「んー、そうだな。ほっぺにキスでもしたら起きるんじゃないか？」

「き、キキ、キスッ!?」

「ほら、絵本なんかでもよくあるだろ？　寝てる王子様にキスすると起きるってやつ。……あれ？　逆だっけか？」

「……」

「まあ冗談だ。ほっときゃそのうち起きるさ」

シルキーが続けて言った言葉は、もはやミリィに届いていなかった。

ミリィは固唾を呑《の》み、リドの顔をじっと見つめている。

そして、何かを決意したらしい。

ミリィは蒼い瞳をそっと閉じ、リドの横顔に自分の顔を近づけていく。

おいおい本当にやるのかとシルキーは驚きつつも、言葉には出さなかった。面白いものが見れそうだったからである。

桃色の唇が近づき、ミリィの銀髪がはらりと落ちてリドの頬にかかる。

そして――。

「え……？」

「あ……」

リドがパチリと目を開けて、ミリィは硬直した。

「うわぁ！　ミリィ、どうしたの!?」

「ちちち、違うんです！　リドさんの顔に埃が付いていたから取ろうとしただけで！」

慌てて飛び起きたリドと、手をバタバタと振って狼狽するミリィ。

そんな風に朝から慌ただしい二人を見て、シルキーは満足そうに呟いた。

「よし。これでこれからの起こし方は決まったな」

★
★
★

「村の案内、ですか？」

「うん。ちょっと調べたいことがあってね」

朝食を取った後でのこと。

リドはミリィの淹《い》れてくれた紅茶に口を付けながら切り出す。

先程までミリィの姉であるラナもいたのだが、近頃のモンスターが活発化している状況についてカナン村長と話があると言って出ていった。

「もちろんいいですよ。元よりそのつもりでしたし」

「ありがとう。それじゃ、案内お願いね」

リドの言葉にミリィは柔らかく微笑んでいたが、その胸の内は「リドさんと二人でお出かけできる！」という思考で大半が占められていた。

そうして、簡単な準備をした後で二人は村の中を散策することにした。

村で一番の畑、家畜用の厩舎《きゅうしゃ》、そして広大な牧草地と。リドは昨日の内に知った教会や中央広場以外の場所をミリィに案内してもらい、一通りを回ったところで休憩を取ることにした。

「やっぱりのどかで良い所だね、ラストア村は」

「ふふ。そう言ってもらえると嬉しいです」

「ま、何もない所とも言えるがな」

「こら、シルキー」

二人と一匹で牧草地の片隅に腰を下ろしていると、心地の良い風が吹き抜ける。

ミリィが「これだけ天気の良い日ならお弁当を作ってくれれば良かったかも」と少し悔やんだ表情で漏らしていた。

しかし、そんな中にあってリドは少し難しい顔を浮かべながら呟く。

「それで、シルキー。何か見つかった？」

「いいや。今のところは吾輩が探知できたものはないな」

「そっか」

二人のやり取りを見て、ミリィは疑問に思っていたことを聞いてみることにした。

「そういえばリドさん、何かを調べたいって言っていましたよね。一体何を？」

「うん。昨日まで村の人たちが罹っていた病気。その原因が何なのかなって。あの病気、今まで見たことがないものだったから」

「あ……」

リドの言葉にミリィが息を呑む。

「シルキーは鼻が利くんだよね。魔力の痕跡とか、自然の中にあるものの違和感を見つけたりするのが得意なんだ。だから今日、色々と見ている中で感じるものがないか探してもらっていたんだけど」

「村の中には特に異変がなかったと？」

ミリィの言葉にリドとシルキーが頷く。

昨日までラストアの住人は通常の薬草も効かない奇妙な病気に罹っていた。

その病状はリドにとっても知り得ないもので、だからこそこの地にしかない原因があるのではないかと考えていたのだが……。

「村の中に異変はない。となると、原因は村の外、か……」

呟きつつリドが遠くに目線をやると、牧草地の向こうに大きめの河川が見えた。どうやらその川の水は近くの山から流れてきているらしい。

と、そこでリドが山の頂上付近にあるものを見つける。

「ミリィ。あの山から煙みたいなものが上がってるんだけど、あれは何か分かる？」

「ああ、あれは鉱山都市ドーウェルですね。都市と言っても、それほど大きくはないんですが。なんでも最近は良質な鉱石がたくさん採れるらしくて、大勢の鉱夫さんが出稼ぎにやって来るんだとか」

「鉱山都市ドーウェルか。どこかで聞いたことがあるな」

リドは顎に手を当てて考え込み、そして思い当たる。

「そうだ。確か王都教会に寄付金を納めている辺境伯がいた」

「辺境伯、ですか？」

「うん。まだ僕が王都教会にいた頃の話なんだけど、ある辺境伯からの寄付金が最近になって増えたって、ゴルベール大司教が喜んでいたんだ。その辺境伯の治めている土地の一つに、鉱山都市ドーウェルというのがあったはず」

「ふむ。最近になって変化のあった鉱山都市に、その山から流れている川か。調べてみる価値はあるかもな、相棒」

シルキーの言葉にリドは頷き、牧草地の向こうにある河川まで足を運ぶことにした。

そして――。

「当たりだ相棒。この水、確かに毒性を帯びているぞ」

川の水面に鼻を近づけたシルキーが、はっきりとした口調で告げたのだった。

★
★
★

「ここが鉱山都市ドーウェルか」

ラストア村を麓《ふもと》に置き、周囲半分を取り囲むように存在しているループ山脈。

この山岳地帯はリドたちの暮らすヴァレンス王国と他国との国境という意味合いを持っており、元々自然豊かな土地で知られていた。

本来なら木々に彩られているはずのその場所を、ぽっかりと切り抜くようにして存在する都市がある。

それが今、リドたちがいる鉱山都市ドーウェルだった。

「私も来たのは初めてですが、凄い活気ですね」

「そうだね。ミリィの言った通り、出稼ぎの鉱夫さんが大勢来てるみたいだ」

ミリィ曰く、このドーウェルは元より上質な鉱石が採掘できる町だったが、蒸気機関の普及と共に居住者も増えてきたという経緯があるらしい。

鉄や油の匂いがそこかしこから漂い、屈強そうな男たちが忙《せわ》しなく行き交う様子は、まさしく鉱山街のそれである。

「うう……。それにしても山の上なだけあってけっこう冷えますね」

「だから村で待ってろと言ったんだ。無理に付いてくる必要なんてなかったんだぞ」

「まあまあシルキー。ミリィの案内がなければあの山道を登るのにもっと時間はかかってただろうし、僕としては助かったよ」

ドーウェルを訪れる前、リドはラストア村の近くを流れる河川に毒性のある水が流れ込んでいる件について、カナン村長やラナに報告していた。

その際、ラナを始めとして病気に罹っていた者たちは、村周辺のモンスター討伐をする際に河川の水を飲んでいたということが判明。

幸いにも村の大井戸までは毒に侵《おか》されていないようで、先日ミリィが生み出した薬草の樹もあることから病が再度蔓延する可能性は低い。

とはいえ、このまま毒性のある水を生み出した原因を放置すれば、どんな被害が及ぶか分からない状況だ。土地の動植物や家畜、農作物に影響が出る可能性もあるだろう。もしそうなれば、ラストアは人が住めなくなってしまう恐れがあった。

だからこそリドはこの鉱山都市の調査に名乗りを上げた。

そうして、土地勘のあるミリィがその案内役を買って出て、今に至る。

「そうだミリィ、これ」

隣で寒そうにしていたミリィに、リドは外套を脱いで掛けてやった。

「あ……。ありがとうございます。でも、リドさんは平気なんですか？」

「僕は大丈夫。こうやってシルキーを抱えてれば温かいから」

「吾輩は懐炉《かいろ》代わりかよ。まあ別にいいが」

「で、ではお言葉に甘えて……」

リドが大錫杖を片手に、もう片方にはシルキーを抱えて歩き出し、ミリィはその後に続く。

そしてしばし街の中を歩き、リドが何かを見つけた。

「僕、ちょっとあそこにいる人たちに話を聞いてくるよ。ミリィはその間寒いだろうから、そこの物置にでも入ってて」

「え？　あ、はい」

リドはそう言って、街の人の方へと歩いていった。

ミリィは言われた通り、近くにあった無人の物置小屋へと入ることにする。

そこは薪を備蓄してある小型の物置だったらしい。扉もない簡素な造りだったが、少しは寒さを凌ぐことができた。

と、そのときミリィの頭に邪《よこしま》な考えがよぎる。

リドが情報収集のために街の人と話している隙を見て、ミリィは先程掛けてもらった外套の袖を自分の顔へと寄せた。

それは好奇心のようなものだったかもしれない。

――クンクン、と。

ミリィはリドの外套の匂いを嗅いだ。

（リドさんの匂いがする……）

魔が差した、とでも言うのだろうか。

ミリィはその行為を終えた後で急に冷静になる。

（はっ！　私ってば、何を……）

振り返ると、外にいたリドが街の人との話を終えたところだった。

こういうのは良くないなと、ミリィは慌てて外套から鼻を引き離し、素知らぬ顔で物置から出ようとする。

が――。

「おい、ミリィ」

すぐ傍から聞こえたその声に、ミリィはビクリと反応した。

見ると、いつの間にやらシルキーが物置の中にいて、薪に被せた幌《ほろ》の上でニヤニヤとした笑いを浮かべている。

「え、え？　どうしてシルちゃんがここに？　リドさんに抱えられていたはずじゃ……」

「いやなに。吾輩も寒かったからな。話もちょっと長くなりそうだったからここに来たわけだが。何かマズかったか？」

「い、いえ……」

ミリィはしどろもどろになりながらそう返すのが精一杯だった。

（も、もしかしてさっきの、シルちゃんに見られて……）

そんな考えがミリィの頭を埋め尽くしていく。

そしてしばし時間が経ち、リドが話を終えて戻ってきた。

「ミリィ、お待たせ」

「あ、リドさん……」

「寒いのはもう大丈夫？」

「はい、大丈夫でしゅ……」

「……？」

声をかけられたミリィが空気の抜けた風船のような声を絞り出すと、そこへ不敵な笑みを浮かべるシルキーの補足が入った。

「大丈夫だよなぁ？　リドに貸してもらった外套もあることだし」

「え、あ……。ソ、ソウデスネ」

慌てふためく反応を面白がりながら、シルキーはぴょんとミリィの肩に飛び乗る。そのままミリィの耳に顔を寄せ、シルキーは強烈な追い打ちをかけた。

「むっつりシスターめ」

「～～～っ！」

声にならない声を上げて、ミリィは悟る。先程の一部始終をシルキーに見られていたのだと。

そして、皮肉にも周りの寒さなど気にならなくなるほどにミリィの体温は上昇したのだった。

★
★
★

「さて。さっきの人が言うには、酒場に行けば詳しい情報を知ってる人がいるかもってことだったけど」

リドは街の人間から聞いた情報を元に、大通りの先にある酒場へとやって来た。

その後ろを付いてきたミリィは、何やら祈りを捧げながら独り言を呟いている。

「ああ、女神様……。この愚かな私をお赦《ゆる》しください……」

「おい、むっつりシスター。早く付いてこいよ。日が暮れるぞ」

「シルちゃん、その呼び方はやめてぇ……」

「ねえシルキー。『むっつり』って何？」

純朴なリドの一言が突き刺さり、ミリィはがくりと肩を落とした。

シルキーの方は「知らないでいた方がコイツのためだ」と言うばかりなので、仕方なくリドはその話題を掘り下げず、酒場に入ることにする。

酒場の中は昼間だというのに繁盛しているようだった。鉱夫と思わしき無骨な男が卓を囲っており、賑やかな空気で満ちている。

リドはその中を抜けて酒場の店主らしき人物に声をかけた。

「あの、すみません」

「ん？　何だボウズ。子供に酒は出せねえぞ」

酒場の店主がそう応じると、辺りから嘲笑とも取れる笑いが起こる。それでも、リドは気にせず店主に向けて話しかけた。

「お聞きしたいことがあるんです。鉱山の発掘などで、最近になって変わったことはありませんでしたか？」

「変わったこと？」

「はい。例えば何か毒性を持った鉱物が発見されたとか」

――ガタン、と。

リドが発した言葉に反応して、酒場にいた客の内の数名が立ち上がる。

そしてそのままヅカヅカと酒場の床を踏み鳴らし、リドのもとへとやって来た。

「おいおい。ガキが滅多なことを言うもんじゃねえなぁ。この土地の鉱山に関しちゃエーブ伯が管理されてるんだ。変な噂を立てようってんなら痛い目みてもらうぜ？」

「別に変な噂を立てようとは思っていません。ただ、この鉱山から麓に続く河川に何か良くないものが流出している可能性があるんです。僕たちはそれを調査しに来ただけで――」

リドがそこまで言うと、目の前にいた男たちの目つきが鋭いものへと変わる。

他の客は心当たりがないようだったが、リドへと迫ってきた男たちの様子は別で、明らかに何かを知っているようだった。というより、リドの言ったことがそのまま図星だったのかもしれない。

リーダー格の男が殺気立った様子でリドを睨みつける。

「ったく。ガキが余計なことを嗅ぎ回りやがって。……おい、このガキをとっ捕まえろ。おっと、そっちの嬢ちゃんは中々の上玉だな。後で使うから連れていけ」

その命令を受けて、後ろに控えていた男がミリィの手首を掴んで持ち上げた。

「ヒヒッ、こいつは確かに上玉だぁ。この後が楽しみだぜ」

「や、やめてくださいっ！」

ミリィは必死に抵抗しようとするが、屈強な男の手を振りほどくには至らない。

それを見て、リドが男たちに静かな怒気を向ける。

「ミリィから手を離してください。でなければ、容赦しません」

「クハハハッ！　お前みたいなガキが俺たちに敵《かな》うと思ってんのかよ。やれるもんならやってみやがれ――」

男の声が途中で途切れた。と同時に、男は酒場の外へと吹き飛んでいく。

そのとき、リドが振るった大錫杖――《アロンの杖》の軌道が見えていたのは、シルキーだけだった。

「おがっ――！」

「ぷぎゅっ――！」

続いて一人、二人と同じように吹き飛ばされ、最後にミリィの腕を掴んでいた男だけが残る。

「は？　えっ？」

残った男は状況が理解できずに、吹き飛ばされていった仲間とリドの顔を交互に見やる。

やがて、仲間を吹き飛ばしたのがリドの仕業だと気付いたのか、男は慌ててミリィから手を離した。

「へ、へへ……。悪かったよ。許してく――」

「許しません」

「ぶげっ――！」

リドが冷ややかに言い放つと、やはり男は変な声を上げて酒場の外へと吹き飛んでいった。

「ふぅ。ごめんミリィ。怪我はない？」

「は、はい。ありがとうございます。でも、リドさんが何をしたか全く見えなかったんですけど……」

リドがミリィの手を取って立ち上がらせるが、当のミリィは何が起きたか分からず困惑した表情を浮かべている。

それは酒場にいた他の客も同じで、呆気に取られてその様子を見ていた。

「やれやれ、馬鹿な奴らだ。滅多にキレない相棒を怒らせるってんだから。まぁ、自業自得だな」

吹き飛んでいった男たちが酒場の外で仲良く積み重なっているのを見て、シルキーが溜息交じりに呟く。

そうして、小一時間ほど経った後――。

目を覚ました男たちはリドに恐れおののき、知っていた情報を全て吐き出すことになるのだった。

「なるほど。最近になって黒い水晶のような鉱物が採れるようになったと」

「そ、そういうことだ。エーブ伯が『黒水晶《くろすいしょう》』って呼んでるそいつは、毒を持っているようだが、不思議な力を持つ鉱石だと。だから、エーブ伯は俺たちみたいなのを雇って、その情報が外部に漏れないようにしろって指示してたんだ」

酒場でリドに絡んできた男たちが目を覚ました後のこと。

男たちは先程までとは打って変わって、従順な態度を見せていた。

「その黒水晶は採掘した後どうしてるんです？」

「残念ながら、それは分からねぇ。ほ、本当だっ！　なんでも、新種の鉱石だからってんで上客がいるらしいんだが、どこでそれを保管しているかまでは秘密にされてる」

「エーブ辺境伯はどちらに？」

「まだこの街にいるはずだ。今日ちょうど、エーブ伯の所に行って報酬をもらってきたところだったからな」

どうやら男たちは、ドーウェルを管轄するエーブ辺境伯に雇われた傭兵のような存在だったらしい。

情報隠蔽のために雇われたならあんな公衆の面前で反応したら駄目だろうと、シルキーがもっともなことを呟くが、男たち曰く金が入って酒を浴びるほど呑んで酔いが回っていたため、思わず反応してしまった、とのことだ。

「とにかく、この人たちは詳しいことまで知らされていないみたいだね」

「いずれにせよ、領主である辺境伯が鍵を握ってるってわけか。なら次に行く所は決まりだな」

リドとシルキーが言って、頷き合った。

そして、次の目的地をエーブ伯がいるという領主館に定める。

この分だと一緒にいる方が安全だろうという理由でミリィも同行することになった。

「なあ、教えてくれ。アンタは何者なんだ？　どう考えてもただの神官じゃねえだろ。もしかして、ヴァレンス王家が遣わした特務密偵か何かか？」

エーブ伯の領主館に向かおうとしたリドに、リーダー格の男から声がかかる。

「僕は普通の神官ですよ。この近くに左遷されてやって来たんです」

「は……？　左遷って、アンタがか？」

「はい。そうですけど」

「信じられねぇ……。こんな腕の立つ人間を追い出すとか、命じた奴は正気か？　それとも目が節穴か？」

シルキーがミリィの腕の中で「そこに関しては吾輩も同意見だな」と頷いていた。

★
★
★

「やっぱり見張りがいるな」

領主館の門の様子が窺える物陰まで来て、シルキーが呟く。

入り口には門兵が二人。先程の傭兵らの話を聞くに、エーブ辺境伯は金で多くの傭兵を雇っているらしい。中にはもっと多くの兵がいるだろう。

「どうしましょう、リドさん。普通に頼んでも入れてくれないですよね」

「確かに。エーブ辺境伯に会うまで余計な騒ぎを起こしたくないし、アレを使うか」

「アレ？」

リドはミリィに頷いた後、目を閉じて右手を突き出す。

そして神経を集中させると、ある言葉を発した。

「【神器召喚】――」

一瞬、まばゆい光が広がったかと思うと、リドの突き出した手には黒く大きい布のようなものが握られていた。

突如として現れたその謎の大布に、シルキーを抱えていたミリィの青い瞳が見開かれる。

「こ、これって」

「リドが扱う《アルスルの外套》って神器だな」

「神、器……？」

「まあ、分かりやすく言うなら特殊な効果を持つ優れた道具《アイテム》ってとこか。リドが普段から持ってるその《アロンの杖》も同じ、神器の一種さ」

「なるほど、この杖も神器というアイテムだったんですね。確かにワイバーンから助けてくださったときのリドさんの杖、凄い威力でした」

ミリィは《アロンの杖》をつんつんと突付きながら興味深げに呟く。

「ちなみにリドが扱える神器は軽く五十を超える」

「ごじゅ……」

「すげーだろ？　ま、召喚した神器はリドにしか扱えないがな」

シルキーが補足で説明し、ミリィはゴクリと唾を飲んだ。

「よし。じゃあこれを使ってあの館に潜入しよう」

「は、はい。でもこちらの神器はどういう風に使うんです？　見たところ普通の布のようにも見えるんですが」

「うん。まず、これをみんなで被《かぶ》る」

「え？」

――バサリ、と。

リドが《アルスルの外套》を広げ、ミリィと一緒に中へと潜り込む。

《アルスルの外套》は袖がないマントの形状で、不思議と頭から被っても外の景色を見渡すことができた。

しかし二人で被るために、リドとミリィはお互いの肩が密着する距離まで近寄ることになる。

だからと言うべきか、ミリィの心臓はドクンと跳ね上がった。

(り、リドさんがこんな近くに！　それに、密閉された空間で二人きりだと、何だかいけないことをしているような……)

「いや、吾輩もいるからな。むっつりシスターよ」

ミリィの胸中を完全に読み切ったシルキーが呆れながら囁く。

「それで、これを被っていれば気配を隠すことができるんだ。大人しくしていれば、周りからは僕たちの姿が見えなく――ってミリィ、聞こえてる？」

「は、はひぃ……」

リドが《アルスルの外套》の効果を説明するも、ミリィはそれどころではなかった。

＊＊＊

「ミリィ、大丈夫？　何だか呼吸が荒いけど」

「は、はい……。平気、です」

《アルスルの外套》を被り領主館へと潜入したリドたちだったが、ミリィは顔を上気させていた。

ちなみにミリィの呼吸が乱れているのは、頭から外套を被って息苦しいからではない。単にリドとの距離が近すぎて緊張……というか興奮しているだけである。

リドたちが一階の広間を抜けて大階段の所までやって来ると、そこには二人の兵がいた。

《アルスルの外套》の効果でリドたちの姿が認識されることはなく、兵たちはくだけた様子で会話していた。

リドたちは息を潜め、その話の内容に耳を傾ける。

「おい、聞いたか？　またエーブ辺境伯が王都教会への寄付を増やしたらしいぞ」

「らしいな。近頃は黒水晶の取引でえらく儲けてるって話だ」

「しっかし、なんで教会に寄付なんかするかなぁ。そんなのに使うくらいなら俺たちの給金を増やしてほしいよ」

「エーブ辺境伯はあそこのゴルベール大司教と懇意《こんい》にしてるからな。事業やら人やら、色々と融通してもらってるらしいぜ。大司教宛に個人的な献金をしてるって噂まである」

「それって献金じゃなくて賄賂《わいろ》って言わないか？」

「そうとも言うか。ま、あくまで噂だよ」

兵の会話を聞いたシルキーとミリィが、侮蔑《ぶべつ》の表情を浮かべて囁き合う。

「そんなことしてたのか、あのクソ司教。女神の下には何人たりとも平等とか抜かしてた気がするんだがな」

「もし本当なら聖職者にあるまじき、ですね」

シルキーとミリィが同調していると、続けて兵たちの会話が聞こえてきた。

二人は不満を唱えるのは後にして、再度聞き耳を立てる。

「と、この辺にしておくか。誰かに聞かれたらことだしな」

「ここには俺とおまえしかいないんだから、誰かに聞かれるってことがあるかよ。エーブ辺境伯だって、今は応接室で客と会ってるんだろ？　なら、平気さ」

「まあそうだな」

まさに欲しかった情報だった。

そこまで聞いたリドたちは、互いに外套の中で頷き合う。

「どうやら辺境伯の野郎は応接室にいるらしいな。普通の館なら、一階か？」

「うん。気を付けて進もう。《アルスルの外套》は中で声を出しても気付かれないけど、外側が人に当たると効果が消えちゃうから、慎重に」

「分かりました。そーっと、ですね」

そうしてリドたちは兵たちの前を通り抜けていく。

大階段下の広間から、いくつもの扉が並ぶ長い廊下へと。それらしき所を探し、ある部屋の前で止まる。

と――。

「何を生温いことを言っているか！」

その部屋の中からそんな声がして、そこにエーブ辺境伯がいると察することができた。

領主館で怒号を上げることのできる人物といえば一人しかいないだろう。

リドたちは部屋の扉をそっと、少しだけ開けて中の様子を窺う。

「黒水晶が採れれば貴様たちにも金を渡すのだ！　つべこべ言わずにもっと多くの黒水晶を採ってこい！」

「し、しかし。黒水晶は採掘する際、周りに強い毒を撒き散らすようなのです。そのため体の不調を訴える者も多く……。このまま採掘を続ければ鉱夫がいなくなってしまいます」

「そんなことは何の問題にもならん。鉱夫など、倒れたらまた代わりを連れてくればいいのだ。今はとにかく掘って掘って掘りまくれ。たとえ何人倒れようともだ！」

容赦ない言葉を浴びせるのがエーブ辺境伯であることはすぐに分かった。

恐らく言葉をぶつけられている男性は採掘を命じられている組織の人間だろう。

その会話から、エーブ辺境伯がいかに利己的な人物であるかが伝わってくる。

「第一、黒水晶の毒性は川の水に浸《ひた》していれば落ちることが分かっているのだ。なら何の問題もなかろうが」

「ですが、毒性が落ちるまでの間に作業する鉱夫が……。それに、流れ出た川の水が毒性を持っていれば鉱害問題になる可能性もあるかと」

「フンッ。どうせ川の水が行き着く先は麓の村だ。そこは我の領地ではない。それに、未知の鉱物なのだからな。仮に川の下流で何か問題が起きたとして、黒水晶には結びつかんさ」

そこまで聞けば十分だった。

やはり、ラストア村に蔓延していた病は鉱害だったのだ。

そして、その根本的な原因がエーブ辺境伯という一人の人間にあるということは明らかだった。

「し、しかしですね、辺境伯」

「もうよい！　貴様のような人間はいくらでも雇えるのだからな。我に盾突こうというのなら、首をすげ替えてくれるわ！」

エーブは激昂し、応接室の壁に飾ってあった長剣を手に取る。

それを跪《ひざまず》いた男性の頭上にゆらりと向けた。

「マズいな」

「助けよう！　シルキーとミリィはこのままでいて」

「リドさんっ！」

リドにとって、その状況を見過ごすことはできたはずだった。

見過ごし、後にエーブの虚を突いて拘束し尋問などすれば、より容易に事を解決できるのだ。

しかし、リドはそんな考えを天秤にかけることすらしない。

エーブが長剣を振り下ろす刹那、《アルスルの外套》から単身で抜け出たリドが間一髪で男性を救出する。

「なっ！　貴様、一体どこから⁉」

エーブが驚愕の表情を浮かべるが、リドたちがいたのは元からだ。

リドは呆気にとられている男性を離してエーブと対峙する。

「話は聞きました。多くの人を苦しめる鉱害を放置するなんて、許しません」

リドが努めて冷静に言った言葉を聞いて、エーブは腹立たしく歯噛みした。

「あなたはこの場を離れてください。ここは僕が何とかしますので」

「は、はいっ！」

リドが斬りつけられそうになっていた男性を逃した後。

「一体何者だ貴様は⁉　見張りの兵たちは何をしておった！」

エーブが声を張り上げながら、握った長剣をリドへと向ける。その切っ先が微かに震えていたのは、何もないはずの空間から突如リドが現れたからだろう。

エーブは警戒しながらリドを睨めつける。

「僕は神官リド・ヘイワース。鉱山都市ドーウェルが鉱害問題を起こしている可能性があったため、調査しに参りました」

「調査、だと？」

「ええ。先程のお話は全て聞いていました。貴方は、黒水晶が毒性を持つことを知りながら川の水で洗浄していたのですね」

「フン、だから何だと言うんだ」

「実は、河川の下流にある村で健康被害が出ているんです。このままでは黒水晶の毒に侵され、農作物などにも被害が及ぶ可能性もあります。そうすれば、人が住めない土地になってしまう。即刻、黒水晶の採掘を中止してください」

リドは淡々と事実を述べていく。貴方のしていることは、私欲のために人の尊厳や命すら奪いかねない行為だと。

しかし、エーブはリドの言葉に悪びれる様子はなく、それどころか先程と同じ言葉を繰り返した。

「だから、それが何だと言っている。我の領地でない村のことなど、どうでもいいわ」

「……」

エーブの言葉を受けて、リドの目が少しだけ細くなる。

ミリィとシルキーはまだ《アルスルの外套》に隠れていたが、それぞれがエーブの言葉に憤慨していた。シルキーなどは尻尾をべしべしとミリィの腕に叩きつけている。

「もし貴方が黒水晶に関する一件を改善するつもりがないなら、然るべき機関に報告することも――」

「ククク。やってみるがいい。貴様のようないち神官の声をもみ消すことなど、我にとっては造作もないがな。もちろん、ここで物理的に排除することもできるが？」

言って、エーブは手にしていた長剣の切っ先をリドに向ける。

「……分かりました」

リドが言ったその言葉を、エーブは諦めと受け取ったようだ。ニヤリと口の端を上げ、勝ち誇った笑みを漏らす。

しかし、もちろんリドは屈したわけではない。

前に一歩を踏み出し、そしてはっきりとした口調で言い放った。

「なら、エーブ伯。貴方を拘束して強制的に止めてみせます」

「な、なんだと⁉」

エーブが今度は慌てながら後ずさる。

本来なら神官の立場で辺境伯の地位にある者を拘束しようなどという発言は、世迷言《よまいごと》と一笑に付されるところだ。

しかし、真っ直ぐにエーブを捉えたリドの瞳には、それをさせない力強さがあった。

「前から思ってたんですけど、リドさんって意外と大胆ですよね」

「大胆というか、普通の人間が悩んだりする過程をすっ飛ばすんだよ。何せ、運動しろって言われてドラゴンを討伐しに行くような奴だからな」

「ど、ドラゴンを……？」

「まあ、ああいう一直線なところ、吾輩は好きだがな」

アルスルの外套の中でミリィとシルキーがやり取りしながら、エーブと対峙するリドを見つめていた。

「あなたが先程どうでもいいと言った村は、僕にとってとても大切な場所です。その村の人たちは、爪弾きにされた僕を疎《うと》むどころか、温かく受け入れてくれた。僕はその人たちに感謝しているんです。だから、その村や村の人たちを蔑《ないがし》ろにするようなら、僕は全力で止めます」

「しかし良いのか？　我は辺境伯の地位にある者だ。貴様のようないち神官が歯向かったら……」

「関係ありません。僕は、貴方のように保身を一番に考えるような大人にはなりたくない」

どうやら説得しても無駄らしいと悟ったエーブが、眉間にシワを寄せる。

「生意気なガキめ……。この我に勝てると思うなよ」

エーブが冷ややかな口調で言い放つと、周辺を覆うようにして透明な緑色の膜が現れる。

それは防御結界だった。

「ククク。これが我のスキル【堅固の断壁】。オーク種の一撃すら防ぐ『赤文字』の上級スキルだ。貴様のその自信がどこから来るのか知らんが、物理的な攻撃だろうと魔法の攻撃だろうと、打ち破ることなどできん」

「……」

エーブには絶対の自信があるようだった。

通常なら、スキルは天授の儀の際に表示される神聖文字の文字色――白、青、緑、赤の色で等級付けされる。

赤文字のスキル保持者は千人に一人と言われ、エーブの持つスキルが強力かつ希少なものであることを意味していた。つまり、エーブの自信は決して虚栄《きょえい》ではないということだ。

しかし、リドの表情は変わらなかった。

リドは手にしていた錫杖をその場に置き、小さく口を動かす。

神器召喚、と――。

その言葉が音として発せられると、リドの手には大槌《おおづち》が握られていた。

その槌はリドの背丈をゆうに超え、高い天井にも届き得るほどに巨大。そして紫色の電撃を帯びている。

《雷槌《らいつい》・ミョルニル》――。

リドが扱う神器の中でも特に巨大な武器であり、見た目通り、そして期待通りの破壊力を兼ね備える。

「な、なんだ、その武器は。そんなもの、見たことが――」

「防御結界のスキルがあるなら、大丈夫ですよね？」

「え――？」

ぽかんと口を開けたエーブの頭上に、リドが召喚したミョルニルが振り下ろされる。

それはさながら、巨人が蟻を踏み潰すかのような光景だった。

エーブが展開していた防御結界は一秒と持たず、鏡が割れるような音と共に消滅する。

そしてエーブは地面に叩きつけられる——だけでは止まらず、床を突き破って階下に落ちていった。

「うぉおおおおおおっ⁉」

空いた穴からエーブの行方を覗くと、どうやら地下にまで達しているようである。

「ちょっと強すぎたかな……」

穴の奥底で白目を向いているエーブを見つけ、リドはポツリと漏らす。

そこへ《アルスルの外套》から抜け出たシルキーとミリィが続けて姿を現し、リドと一緒に空いた穴を覗き込む。

「馬鹿な奴だ。赤文字のスキルでリドに敵うはずがないだろう」

「普通なら赤文字のスキルを持った人って相当強いと思うんですが……。あ、リドさん、あれ。あそこで散らばっているのが黒水晶じゃないですか？」

ミリィが指さした先、地下に落ちたエーブの周辺には木箱と散乱した黒い鉱石があった。

「なるほど、地下に保管してたんだね。見つけられて良かった」

「証拠もあれば言い逃れはできないだろう。これで百件落着だな」

「シルキー、また言葉が間違ってるからね」

規格外の戦闘の後で緊張感なく話すリドとシルキー。

それを見て、ミリィは乾いた笑いを浮かべるしかなかった。

★
★
★

「は？　エーブ辺境伯が失脚？」

「はい。鉱山都市ドーウェルが鉱害を引き起こしていたことを知りながら、黙認していたとのことで……。むしろ主導して黒水晶の採掘を行っていたことが公になった模様です」

王都教会の大司教執務室にて――。

秘書から報告を受けたゴルベールは信じられないといった様子で目を見開いていた。

「な、何故だ。黒水晶の件は秘密裏に採掘するよう、エーブ伯も注意を払っていたはずだ。それがなぜ明るみに出ているのだ!?」

「それがどうやら、領主館に何者かが侵入し、滞在していたエーブ辺境伯はその侵入者に戦闘で敗れたようなのです。その際、黒水晶を地下に隠していたことが発覚し、通報されたらしく――」

秘書の男は恐る恐る、知り得た情報を話していく。

通報により王都からもすぐに調査団が派遣され、事実確認が行われたこと。

屋敷にいた兵やエーブ辺境伯から依頼を受けていたという人物たちの証言もあり、何より黒水晶が自身の屋敷の地下から出てきたという言い逃れのできない状況になったこと。

それら諸々の証拠によりエーブは辺境伯の地位を剥奪され、王家主導のもと、新たな領主が選定される流れとなったこと等々。

しかし、ゴルベールにとって重要なのはそこではなかった。

「ば、馬鹿なっ。エーブ伯が戦闘で敗れただと⁉　エーブ伯は単に辺境伯という地位を持っていただけではない。千人に一人という赤文字のスキル保持者だぞ。戦闘においてそう簡単に負けるなどあるはずが――」

「しかし、事実のようです。それから……」

「何だ？　早く申せ」

秘書の男が言葉を濁していると、ゴルベールは苛立たしげに続きを催促する。

「エーブ伯の領主館に侵入した人物についてなのですが、少年の神官だったようなのです」

「少年の、神官？」

妙だ、とゴルベールは思った。

少年で神官職というのは、滅多にいるものではないからだ。

ふと、ゴルベールの脳裏にあることがよぎる。

鉱山都市ドーウェルの近くに、ラストア村があるのではなかったか、と。そこはつい先日、ある神官に左遷先として命じた場所ではなかったか、と。

それに、少年神官という情報。

そのときゴルベールは、頭の中で決して結びつけたくない構図を描いてしまっていた。

「ハ、ハハ。そんな、そんなことがあるはずがない。リド・ヘイワースがエーブ伯を討ち倒し、黒水晶の件を暴いたなどと、そんなワケは……」

ゴルベールは脳内で描いた絵を否定したくて自らに言い聞かせるような言葉を呟く。

そして、その妄想から逃避するかのごとく、現実に起こっていることの整理へと思考を移動させた。

（しかし、マズいことになった。エーブ伯が失脚したとなれば、当然これまで教会に入っていた多額の寄付金が失われることになる。それに、私個人への献金も……）

ゴルベールの中で真に重要なのは、我が身にどういう影響があるかだ。

侵入者がリド・ヘイワースでないかという仮説も確かに信じたくないことではあったが、今はそれよりもエーブ伯が失脚したことによる自身の影響が如何《いか》ほどのものか、ということを考える必要があった。

（待てよ？　王都からも調査団が派遣され、事実関係が調査された？　ということは……）

嫌な……、とても嫌な予感がしてゴルベールは秘書の男の方へと顔を上げた。

秘書の男は焦燥の色を浮かべながら口を開く。

「実は調査の際、エーブ伯がゴルベール大司教に多額の献金を行っていたことも明らかになりました。近頃は市民から王都教会への不満が高まっていることもあり、どうやら近々、王家からの監査が入るようです」

「なん、だと……」

マズいことになったと、ゴルベールは頭を抱える。

個人的な献金が行われていたことについては手段を講じれば言い逃れもできるだろうが、王家に目を付けられて良い事など一つもない。

それに何より、現王都教会の最高権力者であるドライド枢機卿が、もうじき遠征から帰還する頃合いなのだ。

ドライド枢機卿に今回のことが知れようものなら……。

ゴルベールは悪寒《おかん》のようなものを感じ、身震いする。

(王家の監査については何か手を打たなくては。しかも、ドライド枢機卿が帰還される前にだ。何か、対抗策を……)

ゴルベールは思考を巡らせ、そして思いつく。

それは、リドが左遷前に天授の儀で関わっていた貴族とその令嬢についてだった。

「おい、そういえば先日話していた件――バルガス公爵とご令嬢との面談の件はどうなっている？」

「え？　あ、はい。バルガス公爵の方でも確認したいことがあるということで、明日以降で可能だと――」

「確認したいこと？　何だ、それは？」

「い、いえ、それは当日になって話すと。ご令嬢も同席させるとのことでしたが」

「そうか……。まあ良い。バルガス公爵も面談を希望しているのなら願ったりだ。早速明日、面談の予定を取り付けるのだ」

「か、かしこまりました」

ゴルベールが導き出した結論はこれだった。

王家と深い関わりを持つ権力者に取り入れば、王家の監査に対して手を回してもらうことができるかもしれない、と。

そのためにはなるべく声の大きな貴族が理想であり、高い地位を持つバルガス公爵はまさに最適だ。

「しかし、ここでリド・ヘイワースの後任として名乗りを上げておいたことが活きるとはな。我ながら、素晴らしい先見性だ」

ゴルベールは幾ばくかの落ち着きを取り戻したのか、ほっと胸を撫で下ろした。

翌日、更なる苦境に立たされることになるとは思いもせずに――。

★ ★ ★

「ラナお姉ちゃーん。ただいま！」

「おおミリィ！　戻ってきたか！」

エーブ辺境伯と黒水晶の件が発覚してから二日後。

リドたちが鉱山都市ドーウェルからラストア村に帰還すると、村の中央広場にはラナがいた。

ミリィが勢いよく駆け出し、シルキーを抱えたリドもそれを追う。

「ただいま戻りましたラナさん。すみません、戻りが遅くなってしまって」

「リド君、それにシルキー君も。いやいや、皆が無事で何よりだよ」

二人と一匹が村に戻ってきたのを知ると、広場にはカナン村長を始めとして多くの村人が集まってきた。

リドはドーウェルでの出来事をカナン村長に報告していく。

「なるほど……。村に蔓延していた病は、ドーウェルを統治するエーブ辺境伯と黒水晶が原因だったと」

「はい。でも、もう大丈夫だと思います」

リドは、鉱害問題という事の大きさからすぐに王都の調査団も動いてくれたこと、エーブ辺境伯の代わりに王家が選定した新しい領主が就くことになることなどを伝えていく。

ちなみに今回の件が無事解決に至ったのはリドのおかげであると、ミリィが付け加えて。

「リド殿、貴方は本当に何という御人か。この短期間に、二度も我らの村の窮地を救ってくださるとは」

「リド君。私からも改めて礼を言わせてくれ。リド君がこの村に来てくれていなければ、どうなっていたことか」

カナン村長とラナに頭を下げられ、更には集まっていた村人から称賛や歓喜の声が上がると、リドは照れくさそうに頬を掻く。

「よし、皆の者！　村の窮地を救ってくれたリド殿を祝して宴の準備だ！」

カナン村長が宣言すると、より大きな歓声が村人たちから上がった。

「この前の快気祝いといい、この村の奴らって祝い事が好きだよな」

宴が始まってまもなく、リドの膝の上で腹を膨らませたシルキーがそんな言葉を発する。

「ふふ、そうかもね。でも、僕は嬉しいことがあったときにちゃんと喜ぶっていうのは大事なことだと思うよ」

「ん、む。そうかもな。まあ、吾輩は旨いメシにありつけるなら願ったりだが」

「もう、シルキーってば」

今夜は酒も大量に振る舞われているのか、所々で顔を赤くした村人が談笑していたり踊ったりしている。

遠目には、村人たちに酌をして回るミリィの姿も見えた。

「やぁリド君。食べてるかい？」

「あ、ラナさん」

ラナがやって来てリドの近くに腰掛ける。

けっこう呑んでいるらしく、ラナからはふわりと酒の匂いが漂った。

「この前も思いましたけど、この村の料理ってとても美味しいですね。ずっといたら太っちゃいそうです」

「ふ、嬉しいことを言ってくれるな。私としてはリド君にはいつまでもいてくれたらって思うがな」

「え？」

「と、すまない。今のは忘れてくれ」

ラナは言いつつ、手にしていた酒器を呷る。

リドがこの村に左遷されてやって来たのは周知の事実だ。

しかし、今やリドの実力を疑う者はラストア村にはいない。

だからラナにしてみれば、いつかリドは王都神官に返り咲くだろうと思っていたし、それを引き留めるような発言をするのは望ましいことではないと思ったのだ。

「でも、ラナさん。僕はこの村の人たちのことが好きですよ。まだ短い間ですけど、僕にとってこの村は特別だって、そう思います」

しかしリドはラナの発言を気にするでもなく、そう言った。

「特別、か……。リド君がそう言ってくれると嬉しいものだ。前にミリィも同じようなことを言っていたな」

ラナは焚き火の向こうでまだ酌をして回っているミリィに視線を向け、言葉を続ける。

「実はな。ミリィはこの村に捨てられてやって来たんだよ」

「え……？　ミリィが？」

「まだアイツが赤ん坊の頃にね。村の入口に揺《ゆ》り籠《かご》が置かれて、名前の書かれた紙が添えられていた。だからミリィは親の顔も知らないし、どこの生まれなのかも分からない。私が姉をやっているのは、まあ、成り行きでな」

「そう、なんですね……。ミリィはそのことを？」

「ああ。知っている」

リドもラナと同様、ミリィへと視線を向ける。笑顔で村人と話している様子からは想像ができなかった。

「最初の頃は人見知りで、村の誰があやしても泣いてばかりでな。言葉が喋れるようになってからも全然懐いてくれなかった」

「それは、何だか意外ですね」

「今のミリィを見たらそう思うだろうな。で、いつだったか、ミリィが家出をしたことがあるんだよ。きっかけは些細なことだったがね」

「家出？」

「ああ。家出というより村出とでも言うのかな。幸いその日の内に見つけられたんだが。幼かったミリィにとっては大きな出来事だったんだろう。私に抱きついてきて、そりゃあもう、わんわんと泣いていたよ」

ラナはくっくっと笑い、その後に目を細めて呟く。その目はどこか遠いものを見るようだった。

「それからだったな、ミリィが私のことを姉と呼んでくれるようになったのは」

「……」

「すまんな。どうにも、酒が入っているせいか昔のことが話したくなってしまうようだ」

「い、いえ……」

リドが慌てて首を振り、ラナはそれを見て笑いかける。

ラナは酒のせいだと言っていたが、伝えておきたかったのだろう。それがどんな思いからなのかリドには分からなかったが。

リドの膝の上で大人しくしていたシルキーには何となく分かる気もしたが、口は挟まないでいた。

「ま、ミリィもリド君のことはかなり慕っているようだ。よくしてやってくれ」

「は、はい」

「いっそのこと、リド君のような人と一緒になってくれると、姉としても安心なんだがな」

「え？」

ラナが独り言のように呟いた一言に、リドが問おうとしたときだった。

「あ〜、お姉ちゃん。私を差し置いてリドさんと〜」

ミリィがふらふらとした足取りでやって来る。頬は赤く染まり、明らかに様子が変だった。

「うわ、ミリィ。お前、酒を飲んだのか？」

「お酒？　そんなの飲んでないよぅ。さっきとっても美味しいお水を飲んだだけ〜」

「ちょっとミリィ、大丈夫？」

「あ、リドさん。リドさんだ〜」

妹の変貌ぶりに、ラナがやれやれと首を振る。

どうやらミリィは何かと間違えて酒を飲んだらしい。

と、ミリィに肩を貸すリドを見て、ラナは何かを思いついたように口の端を上げる。

「ちょうど良い。リド君、申し訳ないがミリィを家に連れていってくれないか？」

「え？」

何がちょうど良いなのか分からなくてリドが戸惑っていると、ラナは足元にいたシルキーを抱えて歩き出してしまう。

「シルキー君は確か酒が呑めるんだよな？　私と一緒に呑もうじゃないか」

「ふっふっふ。いい度胸だ。言っておくが吾輩はけっこう強いぞ？」

「よしよし。ちょうど酒もなくなってしまったし、一緒に行こう」

そうして、リドは酔っ払ったミリィと共に取り残されることになる。

「わーい。リドさんと一緒ですぅ。……あれぇ？　でも、何だかリドさんがたくさんいます。でも、その方が良いかもですねぇ」

「ど、どうしよう……」

リドは、自分の胸にぐりぐりと顔を押し付けてくるミリィを見て、呆然と呟くしかなかった。

★
★
★

「ほらミリィ。ベッドに着いたよ」

「は〜い。ありがとうございます、リドさん」

ぽすんとベッドに埋まったミリィを見て、リドはやれやれと溜息をつく。

「わーい。ふかふかぁ」

始めこそ明るく騒いでいたミリィだったが、やがてすぅすぅと穏やかな息づかいが聞こえてくる。

いつもの修道服から寝巻きに着替えさせてやった方が楽かとも思ったが、さすがにそれはマズい気がしたので、リドはそっと布団をかけるに留めた。

「それにしても……」

リドは寝息を立てているミリィを見て、独り呟く。

ミリィの横顔には窓から漏れた月明かりが降り注いでいた。

はらりと落ちた銀の髪が頬にかかり、どこか艶《なま》めかしい。先程までの変貌ぶりはどこへやら、幻想的ですらある。

青く綺麗な瞳が今は閉ざされていて、リドにはそれが少し勿体なく感じられた。

「普段は元気一杯って感じなのにね」

先程のラナの話では、ミリィは捨て子としてこの村にやって来たのだという。

親の顔すら知らず、それどころか自分が親にとって必要のない存在だったと知ったときの痛みはどれほどか。

リドにはそれが、何となく分かる気がした。

「僕とミリィは似ているのかもね」

リドは微かに笑って、ミリィの頬に落ちた銀髪を何となしに掻き上げてやった。

きっと多くの苦労や無茶をしてきたのだろう。

それはリドがミリィと初めて会ったとき、ラストア村の人たちを救うために奔走《ほんそう》していた様子からも感じられたことだ。

だからリドは、自分もこの村のためにできることをしていこうと改めて胸に誓う。

「さて、僕も寝ようかな」

リドはミリィの頬に触れていた手をそっと離そうとして——その手をきゅっと握られる。

リドがぎょっとして見ると、ミリィの青い瞳が見開かれていた。

「あ、リドさんだー。ふへへ」

「ミリィ、まだ起きてたの？」

「今起きましたー」

「そ、そっか」

先程の独り言は聞かれていないとリドが安堵したのも束の間。ミリィは蕩《とろ》けた顔でリドの手を引き寄せ、自分の頬をぐにぐにと擦り付け始めた。

「ふふ。リドさんの手、あったかい～」

「ち、ちょっとミリィ？」

突然のことにリドは困惑し、自身の体温が上がっていくのを感じる。

どことなく恥ずかしくて手を引き抜こうとしたが、それよりもミリィの行動の方が先だった。

「うわっ、と」

「リドさん、捕獲です」

手を強く引っ張られたリドは体勢を崩し、ミリィと同じベッドへと引き寄せられる。

ミリィはそこで止まらず、リドの首へとしがみ付くような格好になった。どうやら酒はまだ抜けていないらしい。

「リドさん、リドさん～」

「ミリィ、お願いだから離して。これはちょっと――」

「ふふ。駄目です」

ミリィは言葉を聞き入れず、リドの脚に自分の脚を絡ませながら更に密着した。

そして、リドの耳元へと口を寄せて――。

「かぷり」

「っ――」

ミリィが耳たぶを軽く甘噛みすると、リドはますます狼狽した。

そのままミリィはリドの鎖骨の辺りに顔を滑らせ、口を付けていく。

「はむはむ。お肉美味しいれす」

「……ミリィ。僕はお肉じゃないよ」

ミリィの話には全くもって脈絡がなく、リドは酒の力とは怖いものだと身をもって実感させられる。

それからもミリィはリドの首筋などに口付け、時には甘噛みし続けた。

もしシルキーがその場にいたら「むっつりシスター」に加えて「キス魔」の称号も付けられていただろうが、そうならなかったのはミリィにとって幸いという他ない。

そうしてなすがままになっていると、不意にミリィが落ち着いた声で囁きかけてきた。

「リドさん。私はですね、この村が特別だって、そう思ってるんです。とっても優しくしてくれて、こんな私でも受け入れてくれて……」

「……うん」

「あ、でもでも。最近はもう一つ特別が増えたんですよ?」

「増えた……?」

「んふ……。それは……です、ねぇ…………」

リドは緊張しながらミリィの言葉を待ったが、続きが聞こえてこない。

ふと見ると、ミリィはリドの胸に顔をうずめて寝息を立てていた。

「ミリィ?」

「…………」

「今度こそ、寝たのかな?」

リドは胸の内に溜まった感情が何なのかよく分からず、それを息と一緒に大きく吐き出す。

そしてこっそりとベッドを抜け出し、ミリィの肩まで布団をかけてやった。

——パタン。

「ふぅ……」

ミリィの寝室を出て一つ大きく息をつくリド。

何だかどっと疲れた気がすると、リドは壁にもたれかかった。

そこへ、階下から上がってきたシルキーがやって来る。

「おうリド。うっぷ……。あの女、バケモンだ……。酒を水のように呑みやがって。まさか吾輩が負けるとはな」

どうやらラナの酒盛りに付き合っていたシルキーは撃沈させられたらしい。そもそも猫が酒を呑めるというのはおかしなことなのだが。

いつものふてぶてしい態度は鳴りを潜め、黒い毛に覆われた尻尾と耳が力なく垂れている。

「あれ？　そういえばお前、なんでミリィの部屋から出てきたんだ？　送っていってから随分と経つがずっと一緒にいたのか？」

「い、いや……」

シルキーは歯切れの悪いリドと、そのリドの首筋が少し赤くなっているのを目ざとく見つけると、何を勘違いしたのかうんうんと頷く。

「そうか、なるほどな。いや、皆まで言わなくていい」

「え？」

「相棒が大人の階段を登ったようで何よりだ。何ならまだミリィと一緒にいていいぞ。吾輩はお前の部屋で寝てるから。あの酒豪女にも邪魔しないように言っとく」

「ち、ちょっとシルキー、何か誤解してない!?」

とことこと自分の横を通り抜けたシルキーを追って、リドが走り出す。

そうして、リドはシルキーの誤解を解くまで眠りにつくことはできなかった。


――翌朝。

「わぁあああああああああっ！」

リドたちが食卓の席に着いていると、二階からこの世の終わりのような叫び声が聞こえてきた。

そしてすぐに、ドタバタと階段を降りる音が聞こえてくる。

「あ、おはよう。ミリィ」

「リドさぁあああん！　違うんですっっっ！」

ミリィはリドを見つけると、ひどく赤面しながら駆け寄った。

いつもは透き通った銀髪も今はボサボサで、ミリィはその髪を更に振り乱しながら頭を下げる。

どうやらミリィは昨日のことをほんのりと覚えているようだった。

「違うんです！　違うんですっ！　あれはその……、きっとお酒のせいで」

「とか何とか言いながら、実はけっこう意図的だったんじゃないか？　むっつりシスターのことだし」

「ソ、ソンナコトハ……ナイデスヨ？」

「なんでちょっと自信なくなってんだよ。そこは頑張ってちゃんと否定すべきだろ」

シルキーのからかいに狼狽えるミリィに対し、リドは優しく声をかける。

「まあまあ。ミリィ、僕は気にしてないから」

「あ、ありがとうございます。でも、それはそれでちょっと寂しいというか……」

「え？」

「あぁいえ……。なんでもないですぅ……」

自分の顔を両手で覆ったミリィの言葉は、尻すぼみに消え去る。

「……平和だな」

慌ただしいやり取りが繰り広げられる中、ラナがどこか遠い目をしながら紅茶に口を付けていた。

「うぅ……。違うんです。違うんですぅ……」

ミリィが涙目でスープを啜《すす》る一方で。

既に朝食を済ませたラナが、リドに一枚の羊皮紙を差し出してくる。

「リド君。これが例の一覧だ。確認してみてほしい」

「ありがとうございますラナさん。……十三人ですか。結構多いですね」

リドはラナから受け取った紙に目を通しながら顎に手を添えた。

「なあ、何だこれ？　名前がたくさん並んでるが」

ぴょこんとリドの膝上に乗ったシルキーも紙を覗き込む。

シルキーの言った通り、リドが今持っている紙には人名が数多く並んでいた。

「リド君と事前に話していたものでな。ラストア村にいる住人の内、まだ天授の儀を行っていない者の一覧だよ。鉱害病の件もあって随分溜まっていたんだ」

「へぇ。そういえばここのところドタバタとしてたしな」

「この村には神官がいなかったし、ミリィもまだシスターの見習いだ。天授の儀を受けるためには近場の大きな街まで出向く必要があったのさ」

「なるほど。それでリドにってわけか」

「村の者も是非お願いしたいと言っているんだが、頼めるだろうか？」

ラナの言葉にリドはしっかりと頷いた。答えは決まりきっている。

「もちろん、協力させていただきます。僕がこの村のためにお役に立てるなら、できる限りのことはしたいですから」

✡
⋆
✡

「いやいやいや、リド君。まさか今日中に十三人やるつもりか？」

「え？　駄目でしたか？」

「駄目というわけじゃないが……」

ラストア村の教会には大勢の村人が集まっていた。

カナン村長を始め、ラナの作成した一覧に名前がない者もいたが、リドが天授の儀を行うところをひと目見たいと人だかりができている。

そんな中、ラナは慌てた様子でリドに問いかけた。

「しかし、天授の儀というのは一人に行うのにもかなりの気力を消費すると聞く。相当な資質を持つ神官でも、一日に三人も行えば疲れて動けなくなるとか」

ラナとしても、十三人の天授の儀については、ひと月ほどをかけて行うと思っていた。

それをリドは、早い方が良いだろうからという理由で、今日全員分を行うと言い出したのだ。

「お姉ちゃんの言う通りですよリドさん。何も今日一日でやるなんて無茶をリドさんがしなくても」

「ちっちっち。まだお前はリドの凄さを分かっていないようだな、ミリィよ」

「シルちゃん？」

「リドはな、その気になれば一日に百人くらいは天授の儀をこなせるぞ」

「ひゃく……。はは……、何だか納得しちゃう自分にびっくりするんですが」

ミリィは半ば呆れたような顔で天授の儀を行おうとしているリドを見やった。

「にわかには信じがたいが……。じゃあリド君。お願いするが、無理はしなくていいからな」

「はい、ラナさん。お任せください」

「リドさん！　私も神聖文字を読むくらいならできますから、リドさんのお手伝いをしたいです！」

「それじゃあ、ミリィは補佐をお願いね。スキルがたくさん表示されると思うから、それを村の人たちに読み上げてほしい。その中から選んでもらおう」

「はいっ！」

そうして、リドがラストア村に左遷されてから二度目の天授の儀が行われることになった。

一人目――。
「なあリドさん。何か所々に赤文字が見えるんだが……。赤文字のスキルって千人に一人が授かれるかどうかのレアスキルじゃなかったっけ？　え？　金文字のスキルはそれ以上？　オレ、この中からスキルを選べるの？　マジ？」

二人目――。
「俺は村の防衛にあたってるから、戦闘系のスキルが良いんだけど……。え？　この金文字の【剣神の加護】ってスキルは大岩でも楽々斬れるようになる？　ほ、本当に俺がそんなスキルを……？」

三人目――。
「私は身重の母を手助けしてあげたいかなって。だけど家事が苦手で。【生活魔法】のスキルなら生活に関わることが魔法でグッと楽に？　わ、私、それがいいですっ！」

……。

………。


集まっていた村人たちの内、誰かが「奇跡だ」と漏らす。

それだけ、リドの行う天授の儀は規格外だった。

「す、凄い……。凄いなんてものじゃない……」

ラナも呆然とした様子で呟く。

カナン村長に至っては、神の御業だと言って涙を流す始末だ。

リドの傍らにいたミリィは既に驚きの感情が麻痺しており、無表情で神聖文字を読み上げる装置と化していた。

「ふぅ。これで皆さん終わりました」

全員分のスキル授与を終え、リドが集まっていた村人たちに笑顔を向けると、歓声と喝采が湧き起こる。

「うぉおおおおおお！　リドさん凄ぇっす！」

「これなら村の防衛だって余裕だぞ！」

「狩猟や農作だってめちゃくちゃ効率化できるよ！」

「夢？　夢じゃないよね!?」

狂喜乱舞する村人たちとは対象的に、リドは照れくさそうに笑うばかりだ。

「こういうときは愛想よく応じるもんだぞ？」とシルキーが声をかけると、リドは律儀にお辞儀をして歓声に応える。

「くっそー！　こんなことだったら俺もリドさんに天授の儀をやってもらえば良かった！　今日やってもらった奴が羨ましいぜ！」

「ははは。そりゃそう思うのも無理はねえがよ。天授の儀は一生に一度ってのが常識なんだ。いくらリドさんでも、そこまではな」

そんなやり取りが起きるのも当然だろう。

リドは複数のレアスキルの中から、それも選んでスキル授与することができるのだ。羨ましいと思う者がいても無理はない。

悔しがっていた村人たちは半ば冗談交じりで言ったつもりだったが、そこにリドがおずおずと手を上げて一言、告げる。

「あの、できますけど……」

「「「…………は？」」」

「ええと。僕のスキル授与はちょっと変わっていて、既にスキルを持っている人でもやり直しができるんです。……あ、でも、今のスキルの方が使い慣れているという方もいらっしゃるでしょうし、もしご希望であれば、ですけど」

一瞬の沈黙。そして――。

「「「えぇえええええええええええ!?」」」

村人たちの声が響き渡り、ほどなくしてリドは取り囲まれることになった。もちろん、自分にも天授の儀をやってほしいという殺到だ。

神から異能を授かる儀式はくじ引きに近いと、昔誰かが言った。

その認識は遠からずこの世界での常識であり、変わることのない理《ことわり》のはずだった。しかしリドが行う天授の儀は、その定説をあっさりと覆すものだ。

平易な言い回しをするのなら、「引き直し可能な当たり確定のくじ引き」といったところか。

ラストア村の住人たちはリドに対し口々に畏敬の念を伝えていたが、それは当然の流れだったろう。

リドを遠巻きに見ていたラナが、隣にいたシルキーに問いかける。

「なあ、シルキー君」

「何だ？　酒豪女」

「リド君は、本当に左遷されてこの村にやって来たのか？」

「ああ、そうだよ」

「左遷を命じたという大司教は阿呆なのか？」

「な？　そう思うだろ？」

「ああ、そう思う」

ラナとシルキーはそんなやり取りをしながら、深い溜息を漏らした。

三章　新たな日々の始まり？

「ややっ、お待ちしておりました！　本日は足をお運びいただき誠にありがとうございます！」

王都教会の特別応接室にて。

ゴルベールは高速の揉み手でもって一人の男を出迎えていた。

その男は大柄で髭を生やしており、「貴族衣装を身に纏った熊」とでも形容するのが相応しいだろうか。

隻腕《せきわん》でありながらも、貫禄は常人のそれとは明らかに異なる。

「ささっ、どうぞこちらへ。バルガス公――」

「ガッハッハ。お出迎えには感謝するが、そんなにかしこまらなくていいぜ、大司教さんよ」

「そ、そういうわけには……」

バルガスと呼ばれた男が応接室の入り口で気さくに応じるが、ゴルベールは揉み手を止めることなく笑顔を貼り付かせていた。

バルガス公爵――。

十数年前、王都近郊に現れたモンスターの大群を撃退した武功から、その名を知らぬ者はいない。

王都から左遷される直前のリドを、自身の屋敷へと招いた人物でもある。

ゴルベールにとって今日の面談の目的は、リドの後継として顔合わせをするに留まらず、このバルガス公爵の信頼を得ること。そして、近日中に迫っている王家の監査に手を回してもらうよう取り入ることだった。

「お父様、入り口に突っ立っておられては私《わたくし》が入れませんわ」

「おっと。すまねえな、エレナちゃん」

バルガスの背後から凛とした声が発せられ、金髪の少女が現れる。

後ろで二つに分けた金の髪は見事なまでに均整が取れた巻き毛で、整った目鼻立ちは人形か何かと見紛うほどだ。

バルガスを質実剛健と表すなら、エレナは容姿端麗といったところか。

巨漢のバルガスと並ぶとその体格差は明らかだったが、吊り目がちの赤い瞳からは意志の強さが感じられる。

「娘のエレナだ。めちゃくちゃ別嬪だろう?」

「は、はぁ……。仰る通りでございますね」

「事前に通達しておいた通り、同席させたいんだが。構わんかな?」

「もちろんでございます。さあ、エレナ嬢もこちらへ」

エレナは隙のない所作で軽く頭を下げた後、父バルガスと一緒に席へと向かう。

「さて、と」

ゴルベールが秘書に茶を用意させる一方で、バルガスは用意された椅子にどっかと腰掛け、一つ大きく息を吐き出した。

「それじゃあ大司教さん、オレは堅苦しいのが性に合わないタチでね。早速本題に入らせてもらうとしよう」

「は、はい……？」

はじめは和やかに雑談から始めようかと思っていたゴルベールが、出鼻をくじかれる。

「まず、エレナの前任を担当してくれてたリド神官についてだ」

「リド……。リド・ヘイワースでございますか？　もしや、奴めが何か粗相《そそう》を？」

「とんでもねえ。オレも天授の儀を行うときに同席していたんだが、ありゃあ素晴らしかった」

「す、素晴らしかった？　リド・ヘイワースの行った天授の儀が、ですか？」

ゴルベールは思わずバルガスの言葉を繰り返し、怪訝な表情を浮かべる。

一応、ゴルベールは今日の面談においてどのような話が出てくるか予想をしていた。

事前のリドの話によれば、天授の儀の結果について、エレナは満足しているということだったが、それはリドの妄言であろうというのが九割。残りの一割ほどで、エレナがリドに入れ込んでいて色眼鏡を通した評価となった、という状況を想定していたのだ。

いずれにせよ、バルガスまでもがリドを絶賛するというのは予想外だった。

「し、しかしバルガス公。大変失礼ながら、ご令嬢は天授の儀の後でスキルを試したところ、下級モンスターであるスライムに苦戦なされたと聞いておりますが……」

「あん？　そりゃあそうだろう。スキル授与を受けたばっかりのときは『レベル1』なんだから」

バルガスから発せられた言葉に、ゴルベールはますます眉をひそめる。

「レベル1」というのは何なのだ、と。

リドがエレナに【レベルアッパー】という意味不明なスキルを授けたことをゴルベールは聞き及んでいる。

しかしその際に語られた説明は、リドが左遷を撤回させようとして捏造《ねつぞう》したものだと決めつけていたため、すぐに「レベル」という言葉の意味を思い起こすことができない。

(レベル……。確かリド・ヘイワースの奴が私に手渡した報告書にも、記載があったような……)

「しかし、エレナもあれからモンスターを討伐して強くなってな。ワイバーンも一人で倒せるようになった」

「わ、ワイバーンをお一人で!?」

「ああ。強くて可愛いってんだから凄えよな。さすがオレの娘だ。ガハハハハ!」

ワイバーンといえば、熟練の冒険者でも単独では太刀打ちできないとされるモンスターだ。それをバルガスは、隣にいる可憐な少女が倒したのだと言う。

当のエレナは特に表情を変えるでもなく、澄ました顔で紅茶に口を付けていた。

「まあ、それもリド神官から授かったスキルのおかげだ。今じゃエレナは『レベル70』になったからな」

(だからレベルというのは何なのだ……!?)

ゴルベールは思わず叫びそうになった。

もちろん言葉には出せず、代わりに引きつった笑顔で応じるしかない。

「で、だ。リド神官の後任で指南を務めてくれるっていう大司教さんに聞きたいんだよ」

「は、はい。何をでしょうか？」

「エレナは今、レベル100になることを目指している。そのためには今後どんなことを意識していったら良いかな？」

「ええと……、それは……」

ゴルベールに分かるはずがなかった。

実は、リドがゴルベールに引き継ぎとして残していった報告書にはその答えが書いてある。しかし、ゴルベールはその報告書を渡された当日の内に屑籠へと放り込んでいたのだ。

答えに窮したゴルベールを見て、バルガスの眼光が鋭いものへと変わる。今までの陽気な口調とは一転して、バルガスは冷たく言い放った。

「やっぱりな。アンタにゃ何も分からないらしい。そんなんでエレナ指南の後任に就くとか、よく言えたもんだ」

「っ……！　お、お待ちください。私はリド・ヘイワースに引き継ぎを命じていたのですが、奴はまともな報告すらしておらず。ですから――」

「はいはい」

ゴルベールが咄嗟に吐いた虚言を見越していたかのように、バルガスは懐から束になった羊皮紙を取り出して卓に放った。

「こ、これは……」

「私のスキルに関する説明書ですわ」

答えたのは、それまで黙していたエレナだった。

「騙すような真似をして申し訳ありませんが、先ほど父が言ったレベル100になる方法というのは既に分かっております。ししょ――コホン。リドさんが残していってくださった、この説明書に全部書いてありますから」

「え……」

「リド神官がな、左遷された土地へ行く前に挨拶しに来てくれたんだよ。指南ができなくなって申し訳ないって言ってな。この説明書はそのとき、念の為にと言って残してくれたもんだ」

「や、奴がそのようなことを……」

「ししょ――リドさんは、私だけでなく自分の担当した全ての人に挨拶してから左遷先に行くと仰ってましたわ。上司であるゴルベール大司教に報告書を渡してある、とも」

「……！」

ゴルベールはエレナが言ったその言葉に目を見開く。

つまり、先程の引き継ぎを受けていないという嘘がバレていると、そういうことだ。

バルガスは卓上に置いた羊皮紙の束を再び懐に収め、ゴルベールを冷ややかな目で見つめた。

「アンタ、どうせロクに目も通してねえんだろう。あれだけの神官に左遷を命じるくらいだからな。ったく、どれだけ彼が虐《しいた》げられていたか分かるってもんだぜ」

「そ、それは……」

「ま、次からは目を通しておいた方が良いと思うぜ。ウチの領民からも王都教会に対して抗議文書が送られてるって話だしな」

「バルガス公の領民から、抗議文書……」

ゴルベールはハッとして口を手で押さえる。

そういえば、そんなものが教会宛に届いていた。

（マズい。マズいマズいマズい……！）

あれはバルガス公爵の領民たちが差し出したものだったのだ。

貴族でないなら大事にはなるまい、いずれほとぼりは冷めるだろうと放置していたが、状況を知った今、そんなことができるはずもない。

領民の不平不満となれば領主であるバルガスに筒抜けになるからだ。

リドが残していった報告書も必要だ。

まさか屑籠に放り込みましたなどと、バルガスに言えるはずがない。

「では、これで失礼するとしよう。当然だが後任の件は考えさせてもらう。ウチの領民たちについても同じようなことが繰り返されるなら、そのときは――。と、まあそれはいいか」

「……」

やはり、報告書がいる――。

席を立ったバルガスとエレナに視線をやることすらできず、ゴルベールの頭を埋め尽くすのはその一念だけだ。

既に数日が経っているのだから、教会の中にはないだろう。一刻も早くその行方を追って回収せねばならないと、ゴルベールは冷や汗を流すばかりだ。

王家の監査に手を回してほしいなどと、切り出せるはずがなかった。


「さて、と。やっぱりありゃあ単なる阿呆だったな」

「まったく、お父様ったら。後任の件は考えるだなんて。私はししょ――リドさん以外の方に指南を仰ぐなんて御免ですからね」

「ああ言っておかないとウチの領民も蔑ろにされそうだからなぁ。まあ、そろそろ見切りを付けても良いとは思うが」

王都教会を出て、バルガスとエレナはそんな言葉を交わしながら歩いていた。

「とにかく今は、ししょ――コホン。リドさんを左遷しやがったあのクソゴミ大司教よりも、優先すべきことがあるでしょう？」

「エレナちゃんよ、言い直すところを間違えてると思うぜ。それに、レディがそういう汚い言葉を使うのはお父さんどうかと思う。が、まあそうだな。最近ウチの領地を荒らしてるモンスターの件。それをどうにかしねえとなぁ」

「モンスターくらい、私がどうにかしてみせますわ」

「といってもさすがにエレナちゃん一人でってのもな……。と、そうだ」

バルガスが何かを思い付いたように顔を上げる。

そして、隣にいたエレナの方を見やると、ニカッと笑って問いかけた。

「リド君の左遷先、ラストアだっていう話だよな？」

「……？　ええ、そう聞いておりますが？」

「彼に救援を求めるってのはどうよ？　そうすりゃエレナちゃんもリド君に会えるし、一石にちょ
――」

「分かりました。私がすぐに行ってきます」

「早っ」

バルガスの提案にピシャリと即答し、エレナはリドのいるラストアの地へと向かうことを決める。

エレナは落ち着いた態度で父の言葉に応じたが、その胸の中は喜びと嬉しさで満ち溢れていた。

（やりましたわ！　師匠に、師匠に会える……！）

✸

「ミリィ！　そっち行ったよ！」

「はい、リドさん！」

ラストア村の外れにある森の中にて。

リドとミリィは村の田畑を荒らしているモンスターがいると聞きつけ、討伐に出かけていた。

猪型のモンスター、ワイルドボアが小さく咆哮した後、ミリィ目掛けて突進してくる。

ミリィの頭の上にはシルキーが乗っており、「上手くやれよ」と声をかけていた。

ワイルドボアの数は三体。小柄ながら鋭いツノを持ち、攻撃を受ければひとたまりもないと思わせるほどの勢いがある。

ミリィはリドから事前に教えられていた通りの行動を取るべく、近くの樹木に素早く近づき、そして唱えた。

「植物さん、力を貸してください。――《堅枝の矢雨《ブランチアロー》》！」

――ブゴォッ!?

ミリィが唱えると、接近していたワイルドボアの頭上から大量の枝が降り注ぐ。

それはただの枝ではなく、さながら矢のように先端が尖っていた。

リドがミリィに授与したスキル――【植物王の加護】について指南したことにより可能になった攻撃方法だ。

枝の矢が三体のワイルドボアをもれなく貫き、見事ミリィはモンスターの群れの撃退に成功した。

「やった！」

「おお、中々良い動きではないかミリィ。ただのむっつりシスターだと思っていたのに、吾輩はちょっぴり見直したぞ」

「ふふん。私も小さい頃からこの辺の野山を駆け回ってましたからね。運動はけっこう得意なんですよ。……ってシルちゃん、その呼び方は恥ずかしいからやめてぇ」

得意げにしたすぐ後で、ミリィは両手で顔を覆った。

「でも、本当に動き良かったよミリィ。スキルの使い方もバッチリだ」

「あ、ありがとうございます。リドさんに色々と教えてもらったおかげです」

【植物王の加護】は植物の形状や性能を変えたりできるからね。植物のある場所ならこうして戦うこともできると思う。どんな植物かによってできることが異なるから、特徴とかを知らないといけないけど」

「それは私、自信があります！　お花とか大好きですし！」

リドに褒められたことで復活したのか、ミリィは目を輝かせて意気込む。

ころころと表情を変えて忙《せわ》しない奴だと、シルキーがミリィの頭上で一つ息をついた。


「おーい、リドさーん」

「あ、皆さん。そちらも終わったんですね」

リドたちがラストア村の入り口まで来ると、外に出ていた村人たちも戻ってくるところだった。

近くに来た村人の一人が、台車に乗せられたワイルドボアを見つけて声をかけてくる。

「おお、リドさんたちも大量だな。これだけのワイルドボアを短時間で仕留めてくるなんてさすがだぜ。肉にも当分困らねえな」

「全部は乗せられなかったんですけど、けっこう持ち帰れました。今回はミリィも頑張ってくれたんですよ」

「ちなみに、リドさんは私の十倍くらい倒していました」

「おおぅ……。それはまあ、リドさんだもんな」

「皆さんも、かなり収穫があったみたいですね？」

村人たちと言葉を交わしながら、リドは遅れてやって来た台車へと目を向ける。

その上には、巨大な翼竜の頭部が乗っていた。

「おう、今日はちょっと遠出してみてな。はぐれワイバーンを見つけたんだが、みんなでかかったら討伐できたぜ。さすがに全部は持ち帰れなかったが」

「それは凄いですね。これだけ大きなワイバーンを狩るなんて」

「いやいや、何を言ってるんだ。これもみんな、リドさんが俺たちに規格外のスキルを授与してくれたからだよ。前までワイルドボア一頭に四苦八苦してたんだからな」

「皆さんのお役に立てているようで何よりです」

「まったく、俺たちみたいな普通の村人がワイバーンを狩れるようになるなんてなぁ」

リドと話していた村人が感慨深そうに頷く。

普通であれば傭兵や冒険者を雇ったりして討伐しなければいけないモンスターを、自分たちで処理できているのだから無理もない。

「しかし、ワイバーンの頭部が無傷で取れるなんて、運が良かったな」

「頭が取れると何か良いことあるのか？」

ミリィの頭の上に鎮座していたシルキーが、村人の言葉に対して問いかける。

「ああ、ワイバーンの頭を兜焼きにすると旨いんだよ。普通は討伐が難しいからけっこう希少なんだぜ？」

「ほう、旨いのか。それは良いことを聞いた」

「この調子でワイバーンが狩れるなら、ラストア村の名産になるかもな」

「それは良いですね。行商とかできたら経済的にも潤うでしょうし」

「おお、それは名案だなリドさん。後でカナン村長に掛け合ってみよう。最近は農作物の収穫も効率化できてるし、村おこしが捗《はかど》るぞ、きっと」

そんな会話をしながらリドたちは台車を引いて村の中央広場へと歩いていく。

リドのおかげもあって、今やこの村は活気に満ちていた。近頃では村おこしをしようと意気込む村人たちも多い。

そんな村の発展に貢献できているなら嬉しいなと、リドもまた充実感を抱いていた。

と、リドと会話をしていた村人がかしこまった様子で呟く。

「なあリドさん。俺たち、本当にリドさんには感謝してるよ」

「え、改まってどうされたんです？」

「いや、リドさんが来てくれなかったら村人の大半は鉱害病でやられてただろ？　それに最近モンスターの出没も活発化しているし、もしかしたらこの村は生き残れなかったかもしれねえ」

「それは……」

「鉱山があるドーウェルなんかと違って、この村にはなーんにもねえ。領主になりたがる貴族もいない、辺境の小さな村だ」

「……」

「それでも俺たちにとっちゃたった一つの故郷だからな。だから、ここを守ってくれたリドさんには本当に感謝してるんだ。ありがとな」

「い、いえ。そんな……」

「と、ちょうど村長がいるな。俺、さっきの行商の案を相談してくるよ」

リドと話していた村人はそう言い残し、中央広場にいたカナン村長のもとへと駆け出していった。

「……」

感謝したいのは自分の方だと、リドは思った。

先日ミリィの姉であるラナと話していた通り、リドにとっても自分を受け入れてくれたこの村は特別な場所だったから。

「でも、嬉しいね。あんな風に喜んでもらえると」

「ふふ。リドさんにはみんなが感謝してますよ。もちろん私もですけど」

「ありがとうミリィ。左遷されて来た身だけど、僕はこの村が好きだな」

「そう言ってもらえると私も嬉しいです。でも、左遷されてから始まる生活もまたあると思いますよ」

「そうだね……。うん、ミリィの言う通りだ。よし、僕ももっともっと頑張ろう！　この村で新しい人生を始めるんだ！」

ミリィと言葉を交わしながらリドもまた歩いていく。

新たな土地での生活を充実したものにしようと決意して。

そうしてカナン村長のもとへと辿り着くと、何やら人だかりができていた。

カナン村長はリドの姿を認め、開口一番で呟く。

「リド殿……。この村に、廃村命令が下されました……」

「…………え？」

リドとミリィ、それにシルキーまでもが揃って目を見開いた。

そして——。

「えぇえええええええええっ——!?」

小さな村に絶叫が響き渡る。

どうやら、リドの新しい人生は早々に危機を迎えたらしかった。

★ ★ ★

「はぁ……」

「シルキー。溜息ばかりついていられないよ」

ラストア村に廃村命令が下されたという一報を受け、リドたちは家に戻っていた。

ミリィは曇った表情を浮かべ、姉のラナは神妙な面持ちで腕を組んでいる。

「しかしなぁ、相棒。王都から左遷されて来た土地が廃村命令を出されるとか何の冗談だよ。さっき

『この村で新しい人生を始めるんだ！』とか言ってたのはどうするんだよ」

「それは、まあ……。うん」

「この村のメシ、美味かったのになぁ……」

シルキーがリドの頭の上でぐでっと突っ伏した格好になった。

リドたちがいる卓の中央には、カナン村長から貸してもらった廃村の命令書が置かれている。

書面に記載されているのは、現在のラストア村の土地を今後貯水池として活用するという趣旨の文言だ。

その理由の一つとして、先日明るみに出た鉱山都市ドーウェルにて発生した鉱害があるという。

リドはその書面を手に取り改めて目を通す。

「ドーウェルから流れている河川の水を魔法で浄化する。そのために一旦水をせき止める場所を作る、か……。確かに理屈は分からなくもないけど」

「でも、それって下流の都市のためにラストア村の住人は犠牲になってくれって話だろ？　要はトカゲの尻尾切りなわけだ。第一、なんでこの前まで被害者だった村の住人がまた割を食わなきゃならないんだよ」

「決定したのは……王家の下部機関か。王家の決定ってよりはこの組織独自の判断なんだろうね」

「はんっ。頭でっかちな官僚の考えそうなことだ。どうせ下流の都市を管轄している貴族から泣きつかれたとか、そんな理由だろうぜ」

「その可能性は高いだろうな」と、腕を組んだままでラナが相槌を打つ。

「私たちラストア村の住人については近隣の都市で受け入れるとあるが、決して待遇は良くないだろう。新しい土地の領主からしてみれば、余所者《よそもの》を受け入れることになるんだからな。現に、廃村が決定した村の住人が受け入れ先で差別されるような出来事は少なくない」

「しかしラナの姉ちゃんよ。今じゃリドのおかげでラストア村の住人たちはみんなレアスキルを持ってるんだろ？　なら、移住先でも重宝されるんじゃねえか？」

「シルキーの言う通りかもしれない。でも……」

言葉を途中で切ったリドの頭には、先程の村人との会話の内容が浮かんでいた。

――小さな村だが、自分たちにとってはたった一つの故郷だと。

そういう考えを持った村人は決して少なくないだろう。

せっかく村おこしをするのだと活気づいていたのに、廃村になればそれも叶わなくなってしまう。

それに……。

「……？」

リドはミリィの方を見やる。

ミリィはこの村が特別だと言っていた。それは、リドにとっても同じだった。

「――よし」

リドは何かを決めたかのように立ち上がり、立てかけてあった大錫杖――《アロンの杖》と外套を手に取った。

そして家の入り口の扉を開けたところでミリィから声がかかる。

「リドさん？　どこかに行かれるんですか？」

「うん。ちょっと王様に会いに行こうかと」

「えぇ⁉」

ミリィが慌てた様子で叫ぶ一方、相方の思惑を察したシルキーがべしべしとリドの頭を叩く。

「王家の下部機関が決定したなら、王家に直談判して取り消してもらおうってか？　しかし相棒、それは無謀だろう。まともに取り合ってくれるとは思えん。いくらお前でも、門前払いされて終わりだろうぜ」

「でも、このままじゃ……」

「はぁ。後先考えないのはお前らしいがな。せめて王家に通じている貴族なんかを間に挟めれば違うんだろうが――」

シルキーがそこまで言って、リドは顔を跳ね上げる。

向けた先は扉の外だ。

「ど、どうしました？　リドさん？」

「今、村の外――たぶん近くだと思うけど、モンスターの咆哮が聞こえた」

「え？」

言うが早いか、リドはアロンの杖を持ったまま扉の外へと駆け出した。

「ラナさんは村を！　モンスターが侵入しないようにお願いします！」

「了解した！」

叫びながら駆けるリドの後を追って、ミリィもまた続く。

そして、ラストア村の外に広がっている草原に出た直後だった。

「見えた……！」

リドの視線の先では、破損した馬車。

そして馬車の外にいる二人の人間を取り囲むようにして、黒い毛皮を持つ狼型のモンスター、ブラックウルフがいた。数にして十体以上の群れだ。

一人は恐らく馬車の御者だろう。頭を抱えながら震えており、もう一人がそれを護るようにブラックウルフと交戦している。

上手くブラックウルフの攻撃に対処しているようだったが、多勢に無勢。御者を護りながらでは厳しいだろう。

「あれは……」

リドは応戦しているその人物に見覚えがあった。

しかし、今はそのことよりもブラックウルフの撃退が先決だと思い直す。

「ミリィ！」

「はい、リドさん！」

多種多様な草木が生えている草原は、ミリィにとってスキルを最大限に活かせる環境が整っている。

そのことを確認したミリィはリドの合図で地面に手を向け、唱えた。

「《茨の束縛《ソーンバインド》》――！」

地面から湧き出た茨や蔦がブラックウルフたちに絡みつく。

ブラックウルフは突如起こったその現象に暴れまわるが、振りほどくことは叶わない。

「あれは──」

交戦していた人物の視線がリドの方へと向き、一瞬目が見開かれた。

今にも一斉攻撃をかけようとしていたブラックウルフの動きが止まり、その隙にリドはアロンの杖を振りかざす。

「神器解放──！」

──グルガァアアアアア！

アロンの杖から放たれた無数の光弾が弧を描き、ブラックウルフたちの体を撃ち抜いていく。

その光景は圧巻で、リドの放った攻撃は一瞬の内にブラックウルフの群れを全滅させた。

「やれやれ、この前もこんなことあったな」

頭上でシルキーが呟き、壊れた馬車の傍までやって来ていたリドはアロンの杖を降ろす。

と、ブラックウルフと交戦していた人物が金の巻き毛を揺らしながらリドの方へと駆けてきた。

「師匠！　師匠じゃありませんか！」

そして勢いそのまま、その人物はリドの胸元へと飛び込む。

「やっと……やっと会えましたわ～！」

「ちょっ──」

思い切り抱きつかれ、リドはそのまま馬車の床板の上に押し倒されるような格好になった。

「なぁっ――――!?」

「あー、あのときの嬢ちゃんか。相変わらずテンション高いな」

ミリィがその様子を見て固まり、直前にリドの頭から飛び降りていたシルキーは冷静な声を漏らす。

「師匠、師匠っ！　お久しぶりですわー！」

「は、はは……」

歓喜の声を上げながらリドの胸に頭を押し付けていたのは、バルガス公爵の令嬢、エレナだった。

★ ★ ★

「ど、どうぞ、エレナさん」

「ありがとうございます、ミリィさん。いただきますわ」

緊張気味に紅茶を差し出したミリィに対し、エレナは優雅に笑ってみせた。

ブラックウルフと交戦していたエレナを救援した後のこと。

リドたちは一緒にいた御者の男性を保護するため一旦ラストア村へと戻り、エレナから事情を聞くことにした。

「それで、エレナさんはどうしてこの村に？」

「もう、師匠ってば。私のことは呼び捨てにしてくださいと言ったはずですわよ？　私と師匠の間で貴族とかそんな細かい隔《へだ》たりはいりませんわ」

「でもエレナさ――」

「よ・び・す・て」

折れる様子のないエレナに、リドは諦めて頷く。というより、頷かされる。

「ええと、エレナはなんでこの村に？」

「師匠に会いに来たんです！」

エレナはリドの問いに鼻息を荒くして即答した。

身を乗り出し、赤い瞳を近づけてきたエレナにリドは少しのけぞるような格好になる。

その様子を見ていたシルキーが耳をぴくぴくと動かしながら、エレナの足元から横槍を入れた。

「おい、エレナのお嬢さんよ。それじゃ何も分からないだろうが」

「あらシルキーさん。相変わらずお可愛いですわね」

「吾輩のことは可愛いではなくカッコいいと言ってくれ」

「おカッコいいですわね」

「うむ、よし」

「よし、じゃないよシルキー」

話が進まないなと、リドは短く嘆息する。

一方でミリィは公爵家の令嬢という存在を初めて見て新鮮だったのか、青い瞳をキラキラと輝かせていた。

「エレナはどうして僕に会いに来たの？　もしかしてだけど、王都教会と何かあったり？」

「何かあった、なんてもんじゃありません。あのクソゴミ大司教、師匠のことを左遷するなんて、あの場でメッタメタにするのを我慢しただけでもありがたいと思っていただきたいですわ」

「ああ……」

丁寧さと荒々しさが入り混じったようなエレナの口調で、リドは何となく察する。

平民は雑に扱うくせに、貴族には取り入ろうとするゴルベールのこと。恐らく、エレナと会った際に何かをしでかしたのだろうと。

「おっと、いけません。言葉がちょっと乱暴になってしまいましたわ」

「ちょっと……？」

エレナは仕切り直すように、ミリィが淹れた紅茶に口を付ける。

隣でミリィが「これが貴族のお嬢様なんですね！」と言わんばかりに感心していたため、リドは後でちゃんと教えておこうと心に決めた。

「あのくっそ大司教のことはさておき、師匠に会いに来たのは別件でして。実は、私のお父様からのお願いを伝えに来たんですの」

「エレナのお父さん？　というと、バルガス公爵が僕に？」

エレナがコクリと頷き、金の巻き毛が合わせて揺れる。

「実は最近、父の管轄する領地にモンスターが大量に発生していまして。あまりにうじゃうじゃと湧き出てくるものですから、父の見立てではモンスターを率いる親玉がいるんじゃないかと」

「なるほど。それでリドに援軍を頼みたいと」

「シルキーさんの仰る通りですわ」

エレナの話では、ファルスという町の周辺にワイバーンと同様の危険度「B級」に相当するモンスターが頻出しているのだと言う。

現れるモンスターの系統が似ていることから、統率している大型のモンスターがいるのではないか、というのがバルガスの見立てらしい。

「お父様は領民の皆さんの避難や、冒険者協会などへの対応で追われていまして」

「なるほど。だからエレナがここに来たと」

「はい、ですわ」

「分かった。僕にできることなら、協力させてもらうよ」

「ありがとうございます、師匠！　師匠が来てくれれば百人力……いえ、万人力ですわっ！」

エレナは立ち上がると、リドのもとへと寄ってきて両手を掴む。

それを見ていたミリィが「すごい積極性！　これが本場のお嬢様……！」などと的外れなことを呟いたが、誰かに聞こえることはなかった。

そうしてエレナがリドの両手を掴んで振り回す中、シルキーがリドの足をてしてしと叩く。

「お人好しを発揮するのは結構だがよ、リド。この村のことは良いのかよ？」

「この村のこと？　なんですの、シルキーさん」

「実はな――」

シルキーがエレナに向けて、今ラストア村で起きている問題について話していく。

廃村の命令が王家の下部機関から出されていること。リドはその撤回を求めるために王家に掛け合おうとしていたことなどだ。

「なるほど、そんなことが。この村の方たちにも生活があるでしょうに、許せませんわね」

シルキーの話を聞き終えたエレナが顎に手を当てて考え込む。

そして何事かを思いついたらしく、ピンと人差し指を立てて言った。

「ふっふっふ、ですわ。それなら尚の事お父様にお会いしましょう。お父様ならきっと手を貸してくださるに違いありませんわ」

「え？　できるの？」

「お父様は仮にも公爵の地位を持っていますからね。王家に口利きをするくらい、造作もないはずですわ」

「っ。それなら――」

リドの言葉に、エレナはニンマリと笑って頷いた。

シルキーも意気揚々とリドの頭の上に飛び乗る。

「よっし、それならまずはバルガスのおっちゃんを手助けすれば良いわけだな。やることは決まったわけだ」

「リドさんリドさん！　私も行きます！　リドさんに指南してもらったおかげで私もそこそこお役に立てると思いますし！」

「おお、むっつりシスターもやる気だな」

「あぅ……。シルちゃん、その呼び方はやめてってばぁ……」

ミリィとシルキーがいつものやり取りを繰り広げ、一同はバルガス公爵の領地であるファルスの町を目指すことになった。

「しかし、お父様の所まではどう行きましょうか？　馬車も先の戦闘でぶっ壊れてしまいましたからね」

「そうですね、エレナさん。ファルスの町というと歩いて行くには遠すぎますし」

状況をカナン村長に報告し、村の防備をラナに任せた後。

リドたちはラストア村の入り口へと移動していた。

「移動手段なら、僕が何とかできるかな。シルキーは嫌いそうだけど」

「げっ。まさかアレを使うのかよ、相棒」

「まあでも、急いだ方が良いだろうし」

「どういうことですの？　師匠」

説明するより見てもらった方が早いと、リドは手を前に突き出して【神器召喚】のスキルを使用する。

「え……？　これはなんですの？」

そこに現れたのは一枚の赤い絨毯《じゅうたん》だった。それなりの大きさではあるが、注目すべきはそこではない。

その絨毯はふわふわと宙に浮いていたのだ。

「わー、不思議ですねリドさん。絨毯が浮かんでるなんて」

「《ソロモンの絨毯》っていう、リドが扱う神器だ。確かにこれならひとっ飛びだろうが、吾輩も苦手なんだよな……」

「え？　ひとっ飛び？　えっ？」

「よし、それじゃあみんなで乗っていこう。ちょっと怖いかもしれないけど、我慢してね」

エレナがわけも分からずといった感じで絨毯に乗せられ、リド、シルキー、ミリィと続く。

そして――。

「きゃぁあああああ！　高いですわー！　速いですわー！　落っこちちゃいますわ〜！」

ソロモンの絨毯が空に飛び立つと、エレナの絶叫が響き渡った。

それだけ、ソロモンの絨毯の速度は凄まじいものだった。

「わー、馬車よりずっと速いですねー」

ミリィが高速で過ぎる景色を眺めながら感嘆の声を漏らす。

が、エレナは変わらず絶叫し、シルキーはリドの頭にしがみついたまま身じろぎ一つしない。

「ふ、ふふ。さすがの吾輩もこれは苦手だからな。まあ安心しろよエレナのお嬢さん。猪も木から落ちるって言うだろ？」

「シルキー、また言葉の使い方違うからね。というか、落ちるとか縁起でもないからね」

「いやぁあああああ！　師匠、怖いですわ～！」

エレナはあまりの恐怖からリドに身を寄せる。優雅な気品漂うお嬢様、などという雰囲気は景色と共にどこかへ吹き飛んでいた。

と、それまで興味津々に景色を眺めていたミリィが、エレナの行動を見てポンっと手を叩く。

そして、とても楽しそうにリドの背中へと抱きついた。

「リドさんっ！　私も怖いです！」

「いや、ミリィはさっきまで平気そうにしてたよね⁉」

「ふ、吾輩はまだ、平気、だ……」

「ひょえええええ！　お助けぇええええええ！」

空を飛ぶ絨毯の上で何とも賑やかなやり取りが繰り広げられる。

そうして一行は、ファルスの町に向けて出発したのだった。

★★★

「おお、リド君。来てくれたか。早かったたな！」

「ご無沙汰《ぶさた》しております、バルガス公爵」

夕刻、ファルスの町の領主館にて。

ソロモンの絨毯でラストア村を出発したリドたちは、その日の内にバルガス公爵のもとへと到着していた。

「お、お父様。うっぷ……。ただいま戻りましたわ……」

「おいおい、どうしたエレナちゃんよ。えらく疲れてんな」

「ちょっとした絨毯酔いですわ……」

「絨毯酔い？」

ソロモンの絨毯の高所高速移動を体験したことで、エレナとシルキーはぐったりとしていた。ちなみにミリィはいつもと変わらない様子でピンピンしている。

リドがここに来るまでの経緯を話すと、バルガスは大きく口を開けて笑い出した。

「ハッハッハ！　絨毯で空を飛んできただと？　それも一日でラストアからファルスまでやって来た？　相変わらずリド君のやることは規格外だな！」

「すみません、バルガス公爵。急ぐにはあれしかなくて」

「いやいや、ありがてえ話だよ。少なくとも二、三日はかかると思ってたしな。それにしてもエレナちゃんの高所恐怖症は相変わらずだな！」

「笑い事じゃありませんわ……。それに、私が高所恐怖症なのは幼いときにお父様が高い高いを失敗して落っことしたからですわよ」

いつもより元気のないエレナの肩を、バルガスがバンバンと叩く。

それに合わせてエレナに抱えられたシルキーも揺らされ、同じくやつれていたシルキーはとても迷惑そうな顔をした。

「しっかし、左遷されるとは大変だったなリド君。オレも娘と一緒にゴルベール大司教と会ってきたんだが、ありゃあ中々の俗物っぷりだったぞ」

「そ、そうなんですか……」

「まあ、それはそれとして、だ」

「今はこの近くにいるというモンスターを何とかしないとですね」

「ああ。娘から話は聞いてると思うが、普段人里には現れないはずの高位モンスターがぞろぞろ現れやがってな」

バルガスは執務机の上に大きめの地図を広げ、モンスターの出現箇所について説明していく。

幸いにもファルスの町にモンスターが侵入してくるような事態は避けられているようだが、バルガスの説明によると、日に日に町の近くにモンスターが迫っているらしい。

今は自警団や町に逗留《とうりゆう》していた冒険者たちがモンスターに対処しているものの、状況は切迫しており、気丈《きじよう》に振る舞っているバルガスの目元にもクマができていた。

「このままだと数日の内にモンスターが町を襲いかねねぇ。何とかして食い止めなきゃいかんのだが」

「お嬢さん曰く、統率している親玉のモンスターがいるのではないかということでしたが？」

「ああ。オレはそう踏んでいる。モンスターの出現箇所もこの町の南西に偏ってるしな」

「南西……。『サリアナ大瀑布《だいばくふ》』がある方角ですね」

「その通りだ」

バルガスが神妙な面持ちで頷き、リドは地図の南西方面に記された巨大な滝へと視線をやる。

元々は自然豊かな景勝地《けいしょうち》として知られていたが、近年ではモンスターの多発化に伴い一般人の立ち入りが禁じられた場所だ。

「恐らく、サリアナ大瀑布の奥地に何かがいる。だから、リド君たちには敵の本丸を叩いてもらいたい」

「はい。分かりました」

「すまねえなリド君。オレも力になりてえが、残念ながらこの有様じゃな」

言いながら、バルガスは失った腕の肩口をもう一方の手でポンポンと叩く。

「……」

それを見て目を細めていたエレナの様子に、ミリィだけが気付いたようだった。

「決行は明日だ。今日はもう陽も落ちてるしな。今日はこの館に部屋を用意させたから、リド君たちはそこで休むといい」

「ありがとうございます。それでは明日、サリアナ大瀑布に向かいます」

リドたちは互いに頷き合い、各々の部屋へと向かうことにした。

✸ ⋆ ✸

「エレナさんはリドさんのこと、すごく慕ってるんですね」

夜――。

ベッドに入っていたミリィがエレナに向けて声をかける。

エレナは髪をとかしており、ミリィはその様子を「綺麗な人だなぁ」と思いながら眺めていた。

ちなみに、なぜ二人が同じ寝室にいるのかというと、エレナが「一人だと怖いので一緒の部屋で寝てよろしいでしょうか」と逃げ込んできたためである。

「私が師匠のことを慕っている、ですか。確かにそうですわね。私にとって師匠は願いを叶えてくれた恩人ですから」

「願い？」

髪をとかしながら答えたエレナに対し、ミリィは重ねて問いかける。

「私のお父様の腕、見ましたわよね？」

「え……？　あ、はい」

ミリィは先程、バルガス公爵と会っていたときのことを思い出す。

あのとき、エレナはバルガスが失《な》くした腕を叩くのを見て目を細めていたと。

「あれはですね、私のためなんですの」

「エレナさんの、ため？」

「ええ。お父様は、元から今の公爵の地位にいる人ではありませんでした。それが十数年前、王都近郊に現れたモンスターの大群を撃退したという武功から、公爵の地位を授かったんですのよ。そしてそのとき、お父様は片腕を失いました」

「……それが、エレナさんのため？」

エレナが髪をとかしていた手を止め、ミリィに向けて優しく微笑みかける。

「お父様が片腕を失って家に戻ってきたとき、私はわんわんと泣きましたわ。でも、お父様は駆け寄った私を抱えあげると、大笑いしながら言ったんですの」

「……」

「これでオレも公爵の地位を手に入れた、エレナちゃんの将来も安泰だぞ。ってね」

エレナは昔を思い出すような目をして言葉を続ける。

「お父様は、きっと一人娘である私を苦労させたくなかったんでしょうね。だから無理をしてでも武功を立てて、高い地位を手に入れようとした」

「そう……なんですね」

「でも、お父様からもらってばっかりというのは私の性に合いませんわ。だから、私はお父様の代わりに戦う力が欲しかったんですの。お父様が失った武の力を、今度は私が、って」

「それでエレナさんは、リドさんに戦闘系のスキルをお願いしたんですね」

ミリィは気になっていた。

リドの天授の儀は、数あるスキルの中から選んで授与できるという特殊なものだ。

普通、公爵令嬢というエレナの立場を考えれば、前線に立って戦うような戦闘系スキルは必要ないはず。にもかかわらず、エレナはモンスターを倒す毎に強くなるという【レベルアッパー】というスキルをリドから授かったのだという。

それは、父が残してくれたものに対してエレナなりの決意と恩返しのようなものなのだろう。

「……」

ミリィは沈黙し、目を伏せる。

親を知らないミリィにとってはエレナとバルガスの関係が、少しだけ羨ましかった。

「師匠が授けてくださった【レベルアッパー】というスキルは、まさに私にとって最高の贈り物でした。もっとも、あの忌々しい大司教はこのスキルを外れだとか決めつけて師匠を左遷しやがったようですけれども」

エレナは思い出したくもない顔を思い出してしまったようで、苦虫を噛み潰したような表情を浮かべる。

リドの上職であるゴルベールがあんなにも愚かだと知っていたなら、もっと事前に手を回していたのに、と。

この一件が片付いたらどうにかしてあの大司教に鉄槌を下してやりたいものだと考えたところで、エレナはそっと息を吐き出し冷静さを取り戻そうとする。

「とまあ、そんなわけで私の願いを叶えてくださった師匠には大感謝しているというわけですわ」

「なるほど」

「きっと、ミリィさんが師匠にぞっこんなのとおなじですわね」

「ええっ!? な、なんでエレナさん、気付いて――」

「いやいや、ミリィさんの態度を見ていたら普通は分かりますわよ」

「あぅ……」

赤面しながらシーツで顔を覆ったミリィを見て、エレナは嘆息した。

可愛らしい子だなと思ったが、負けてもいられないなと、エレナは心の中で反射的に思考する。

そしてその想いを自覚すると、エレナもまた自身の体温が上昇するのを感じた。

「さ、さて。あまり夜更かしもいけませんわね。明日は大事なモンスター退治ですから」

エレナは言葉をつかえさせながら、ミリィのベッドに潜り込もうとする。

「え？　エレナさん、私と同じベッドで寝るんですか？」

「だ、駄目でしょうか？」

「私は構いませんけど。でも、普段はどうされてるんです？」

「普段は、その……。侍女が一緒に……」

尻すぼみに消えていくエレナの声を聞いて、ミリィは思わず吹き出す。

公爵の令嬢でありながらも妙な親近感を感じられたことが、ミリィにとっては嬉しかった。

「いいですよ、エレナさん。それじゃあ、子守唄でも歌って差し上げましょうか？」

「そ、そこまで子供じゃありませんわっ！」

ミリィとエレナが打ち解け合った会話を交わし、夜は更けていく。

そうして同じ寝具に包《くる》まったまま、二人の少女は眠りにつくのだった。

翌日――。

「さあ、ミリィさん。今日は頑張りますわよ！」

「はいエレナさん。親玉のモンスターを倒して、ファルスの町の人たちを安心させましょう！」

サリアナ大瀑布に出発するべく、集合したミリィとエレナはやる気十分といった様子だった。

意気揚々と歩き出した二人を見て、リドが腕の中に収まったシルキーに声をかける。

「二人とも、打ち解けあったようで良かったね。何かあったのかな？」

「さてな。けど、きっと同じものを目指す者同士、意気投合したんだろうぜ」

「同じもの？」

「……あの二人にとって一番の障害は恐らくお前の鈍感さになるんだろうな、相棒よ」

「どういうこと？」

「はぁ……。まあ、とりあえずはモンスター退治、頑張ろうぜ」

シルキーが答えてくれないので、リドは仕方なく歩き出す。

結果として、リドの疑問が解消することはなかった。

★★★

「くっ。水に足を取られて戦いにくいですわね」

ファルスの町を発《た》ってから少しして。

リドたちは大型モンスターが巣食うと思われるサリアナ大瀑布を目指していた。

奥地へと進むにつれてリドたちの足場はほとんどが水で浸され、現在は膝上ほどの水深があるだろうか。

まだ最奥までは距離があるものの水量は豊富であり、国内一と評される大瀑布に迫っていることを否が応でも実感させられた。

先陣を切って戦っていたエレナは既にずぶ濡れである。

「ミリィさんは平気ですか？」

「はは……。私も服の中までビチョビチョですね。でも、ファルスの町の皆さんの安全を確保するためにも、頑張らないとですから」

「そうですわね。華麗に大勝利を決めて気持ちの良いお風呂に入るとしましょう」

ミリィの言葉に、エレナは望むところだと口の端を吊り上げる。

「エレナも初めて会ったときに比べてすごく強くなったよね。今はレベル71なんだっけ？」

「はいですわ。師匠から授かったスキル効果のおかげで、今では片手用刺突剣《レイピア》で岩だって砕けるようになりましたの」

「おお、それは凄いね」

エレナがリドから授かった【レベルアッパー】というスキルは、モンスターを倒す度にレベルという戦闘能力の水準が上昇していく効果を持っていた。

その効果もあり、今やエレナは熟練の冒険者をも上回る力を兼ね備えている。

もし世間に知れ渡れば絶賛されるようなスキルであるし、このようなスキルを授与できる神官となれば万雷の喝采を浴びそうなものだ。その逸材を排斥《はいせき》するなどという愚行をしでかした人物は大罪に値すると言えるだろう。

もっとも、左遷された当の本人は、自分がスキル授与を行った人が喜んでくれているのは神官冥利に尽きるな、などと呑気なことを考えていたが。

「けど、さすがにこれだけ水深があると動きにくいね。どうしようか？　ソロモンの絨毯に乗って戦ってみる？」

「そ、それは遠慮しますわ、師匠。ある意味水の中よりも戦いにくそうですし」

「吾輩もそれは御免だ」

エレナとシルキーが引きつった表情を浮かべ、リドの提案を断った。

どうやらラストア村からファルスの町へと移動したときのことがトラウマになっているらしい。

ここに来るまで、リドたちは三十体ほどのモンスターと戦闘になっていた。

エレナは愛用の片手用刺突剣で、ミリィは湿地帯の植物を【植物王の加護】により操作し、それぞれ現れたモンスターを撃退。二人で捌《さば》ききれないモンスターは、リドが《アロンの杖》を用いて処理するという態勢である。

なるべくエレナとミリィの戦闘経験を増やしておいた方が今後のためになるだろうという、シルキーの提案によるものだ。

「それにしても、進むほどモンスターの数も増えてきてるね。やっぱりサリアナ大瀑布に何かがあるのは間違いなさそうだ」

「吾輩の鼻でも感じるしな。強い力を持ったモンスターの匂いだ。何がいるかまでは分からんが」

水に浸《つ》からないようリドの頭に乗っていたシルキーも、相棒の言葉を肯定する。

「シルキーさんのお鼻って便利ですわね。下手な探知系スキルとかよりも使い勝手良さそうですわ」

「鼻が利きすぎて面倒なことも多いがな。借りた外套の袖を嗅ぐ奴みたいに、自分の好きな匂いだけ選ぶこともできんし」

「外套の袖？」

「わぁあああっ！　シルちゃん、それは言わない約束っ！」

突然慌てだしたミリィを見て、エレナとリドは怪訝な表情を浮かべた。

幸いにもシルキーの発言の意味するところは二人に悟られなかったと分かると、ミリィはほっと胸を撫で下ろす。

そうして緊張感のないやり取りを交わしながらも、一行は湿地帯の奥地へと歩を進めた。


「近いな」

結構な距離を進んだところで、シルキーが鼻をひくつかせながら呟く。

巨大な滝が目に映る位置まで一行は到達していた。

滝の始点は見えないほどに高く、その位置から降り注ぐことで生じた水沫《すいまつ》がリドたちの髪や顔を濡らしている。

その景観はまさに圧巻の一言だった。

「あれがサリアナ大瀑布か」

「凄い迫力ですね。水しぶきが雨みたいです」

「待ってください師匠。滝壺の辺りに何かいますわ」

エレナが指差して、一同はその先を凝視する。

そこには、滝の水沫に隠れるようにして巨大な黒い影が鎮座していた。

風向きが変わり水の幕が払われると、その場にいた影の正体があらわになる。

「な、なんですか、あれ!?」

ミリィが押し殺した叫び声を上げ、リドとエレナ、シルキーも目を見開く。

姿を現したのは、巨大な蛙型のモンスターだった。

「あ、あれはキングトード……にしては大きすぎません!?」

――キングトード。

繁殖期に数千の卵を生み、その卵がかえると農作物などに被害を与えるとされるモンスターだ。

自然豊かなラストア村の周辺などでは発見されることがあるが、人里近くで大繁殖でもしない限り無害であることの方が多く、その見た目を好む変わり者もいるとされるくらいだ。

「うへぇ……。気持ち悪いですわ……」

「え？　そうですか？」

「えぇ……。ミリィさん、あれ平気ですの？」

「はい。むしろ見た目は可愛いかと。おっきいですが」

どうやらミリィは変わり者の部類らしかった。

小さい頃に野山を駆けずり回っていたミリィからすれば当然の感覚だったが、エレナは対照的に辟《へき》易《えき》とした表情を浮かべている。

一方でリドは冷静に状況を分析し、合点がいった様子で頷いた。

「なるほど。もしかしたらあのキングトードが産んでいる卵が孵《ふ》化《か》してモンスターの生態系が乱れていたのかも。あの巨体だと普通の個体よりも多くの卵を産みそうだし」

「ああ、そういえばファルスの町の周辺でも鳥系とか水棲《すいせい》系とか、蛙を捕食するモンスターが多かったな。ということは、あのデカブツを仕留めればこの辺のモンスターの大発生も収まりそうだ」

シルキーの言葉にリドが頷き、ミリィとエレナも戦闘態勢に入る。

ジリジリと距離を詰め、最初にエレナがキングトードへと飛びかかった。

「とりあえず、先制攻撃ですわっ！　刺突剣技《ライトニングバッシュ》――！」

瞬速の一閃。

エレナの放った攻撃はキングトードを的確に捉え、剣先が腹の部分へと突き刺さる。

「エレナさんがやりましたっ！」

しかしミリィが歓喜するのも束の間だった。エレナの攻撃は確かに威力十分だったのだが、あまりにも相手が巨大すぎたのだ。

キングトードは自分の腹に突き刺さった攻撃に対し、もがくでもなく、咆哮するでもなく、エレナをぎょろりと睨みつける。

――ゲロォグ。

そして水かきのついた前足を高く上げると、それをそのまま振り下ろした。

「きゃあああああ！」

「エレナさん⁉」

キングトードが叩きつけた前足によって水塊《すいかい》が放射状に飛び散り、エレナは大きく吹き飛ばされる。

「え、エレナさん！　大丈夫ですか⁉」

「うう……。何かヌメヌメしますわ……」

幸いにも前足自体の直撃は躱したようで、エレナはミリィの所まで後退させられるだけで済んだようだ。

「でも、おかしいですねエレナさん。キングトードがあんな強力な攻撃を繰り出してくるなんて、聞いたことが……」

「そもそもあんな大きなキングトードなんて見たことありませんわ。……いや、待ってください。そういえば文献で読んだことがあります。数百年前、このヴァレンス王国全土でモンスターの大発生が起こり、王国が滅びかけたことがあると」

「モンスターの大発生？」

「ええ。なんでもその際、めちゃくちゃにでっかい蛙型のモンスターが大繁殖していたらしいですわ。確かその名を『ギガントトード』と言ったとか」

「じゃあもしかしたら、あれが……」

エレナがギガントトードと呼んだ巨大な蛙型モンスターは、のそっと体の向きを変え、リドたちの方へと向いた。

ミリィとエレナの会話を聞いていたリドもまた、アロンの杖を眼前に構えギガントトードと対峙する。

「あれだけの巨体だと、生半可な物理的な攻撃で倒すのは難しそうだね。なら――」

リドがアロンの杖を振りかざし「神器解放」と呟くと、無数の光弾が発射される。そして、その全てがギガントトードを襲った。

ギガントトードはその攻撃を脅威と捉えたのだろう。

放たれた光弾はそのまま対象へと命中するかに思われたが、ギガントトードはプルプルと震えた後、大きく跳躍してみせた。

「リド、上だっ！」

シルキーが叫び一同が視線を上に移すと、上空から凄まじい重量を持つであろうギガントトードが落下してくる。

「あわわわわ……」

「じょ、冗談じゃありませんわ～っ！」

リドは咄嗟にソロモンの絨毯を召喚して飛び乗り、ミリィとエレナの元へと移動させる。

「ミリィ！　エレナっ！」

間一髪、だった。

ギガントトードの踏みつけが来る前に、リドは二人の手を取って絨毯の上へと引き上げることに成功する。

「何とか間に合ったね」

「し、死んじゃうかと思いましたわ。ありがとうございます、師匠」

リドにしがみついたエレナはほっと胸を撫で下ろす。

が、それも束の間、ギガントトードは上空に逃れたリドたち目掛けて勢いよく水を吐き出してきた。

「わっ、と！」

リドはソロモンの絨毯を旋回させてその攻撃を回避したが、ギガントトードは立て続けに放水攻撃を仕掛けてくる。

二度三度と繰り返され、リドたちは更に上空へと逃れることを余儀なくされた。

「どうする、相棒。このままだと膠着状態だぞ。かといってアイツ、見た目以上にすばしっこいみたいだ」

「そうだね。この位置からだとアロンの杖の光弾も威力が落ちるし」

リドはソロモンの絨毯から身を乗り出し、ギガントトードの周辺状況をつぶさに観察する。

水に囲まれた環境。その周辺には湿地帯特有の植物が点在していた。

「……よし」

リドは次の一手を思いついたのか、ミリィの方へと目を向ける。

「ミリィ。この位置からスキルで植物を操作できる？」

「え？　は、はい。視認できる範囲なら可能です。何度か試してみましたから」

「よし。それじゃあ、一瞬でもいいからギガントードを束縛してほしい。エレナはこれを預かって
て」

リドは言いつつ、手にしていたアロンの杖をエレナに手渡した。

そしてシルキーを頭の上に乗せると、絨毯の縁《ふち》へと足をかける。

「何する気だ、相棒？」

「シルキーは防御結界を張ってね。下は水辺だし、それで何とかなると思う。ミリィは僕が飛び降りたらスキルを」

「は、はい」

「だから何する気……ん？　おい相棒。今、飛び降りるとか言わなかったか？」

「よし、行くよ！」

「ちょ、ちょっと待っ――」

シルキーの制止も虚しく、リドは絨毯を蹴って空中へと身を投げ出した。

「ぎにゃぁぁあああああっ！」

サリアナ大瀑布の最上部とも言える場所。滝の始点と同じ高さからの落下だ。

リドの頭に爪を立ててしがみついていたシルキーは、普段の様子からは想像もできないような絶叫を上げる。

瞬時に防御結界を張ったのはリドに命じられていたからというよりも、半ば生存本能によるものだった。

落下の最中、ミリィの発動した《茨の束縛《ソーンバインド》》がギガントードの動きを一時的に封じたのを確認し、リドは右手を横に伸ばす。

「神器召喚、《雷槌《らいつい》・ミョルニル》――――！」

リドの手に現れたのは巨大な槌。

紫色の電撃を帯びたそれを、リドはギガントードの脳天目掛けて振り下ろす。

「てりゃ――――！」

落下の速度を乗せた大槌の打撃と、ミョルニルが放つ雷撃とが合わさり、それは凄まじい破壊力を持つ攻撃となった。

――ゲゴゴォオオオオオ！

ギガントードが大きく咆哮し、その巨体がゆらりと振れる。

そしてギガントードは、辺り一帯に広がるような地響きを立てながら倒れ込んだ。

「やった！　やりましたリドさん！」

「さっすが師匠ですわ！」

ミリィと、ミリィにしがみついたエレナがソロモンの絨毯の上で喝采を上げながら緩やかに降りてくる。

「ふぅ……。何とかなったね」

シルキーの張った防御結界の効果もあり、無事に着水したリドもまた一つ息をつく。

そうして一同が歓喜に沸く傍ら――。

「相棒よ……。吾輩は帰ったら最高級のおやつを所望するぞ……」

涙目で震えていたシルキーは、そう呟くのが精一杯だった。


「あれ……？」

リドがギガントトードを倒したその後で。

倒れたギガントトードに近づいたミリィが首を傾げていた。

「どうしたの、ミリィ？」

「ギガントトードなんですが、何だか小さくなってません？」

「……本当だ」

ミリィの言った通り、滝の半分を覆うほどに巨大だったギガントトードはしぼんで小さくなっていた。

「これだと、普通のキングトードと同じくらいの大きさだね。でも、どうして……」

「あ。リドさん、これ――」

ミリィが指差した先にあったのは、鉱山都市ドーウェルで見かけたのと同じ見た目の黒い鉱物だった。

どうやら、ギガントトードの体内から出てきたものらしい。

「これは、もしかして黒水晶？」

エーブ辺境伯が秘密裏に採掘し、ラストア村の住人を鉱害で苦しめる元となった石だ。

シルキーが確認したところ、毒性は既に洗い流されているとのことで、リドはそっと黒水晶を拾い上げた。

「これがギガントードの体内から出てくるなんて……」

「もしかして、これがモンスターを巨大化させていたりしたんでしょうか？」

「でも、なんでこんな場所に黒水晶があるんだ？　ここはドーウェルからも遠く離れているはずだろ？」

シルキーの言葉にリドが頷く。

「この近くでも黒水晶が採れるんでしょうか？　それをギガントードが飲み込んだとか？」

「いえ、それはありませんわミリィさん。だったらこの近くにあるファルスの町の方たちも病に苦しめられているはずですもの。そんな話、聞いたことありませんわ」

「毒性も既に処理された後のもの。ということは、これはドーウェルで採れたものと同じ？」

リドは手にした黒水晶を見つめながら、思考を巡らせる。

もしこれがドーウェルにあるものと同じなら、誰かの手によってここまで運ばれたことになる。

「どうにも、キナ臭い感じだな。あの辺境伯は誰かに売っていたと言ってたが？」

「そうだねシルキー。調べてみる必要があるかもしれない」

リドは一旦考えを保留にして、黒水晶を持ち帰ることにする。

（けど、誰かの手によって運ばれたというのなら、それは一体何のために？）

ファルスの町へと戻る道中、リドの頭に浮かんだ疑問は、こびり付いたかのように離れなかった。

★
★
★

「ただいま戻りました、バルガス公爵」

「おお、リド君。無事だったか」

ファルスの町の領主館に着いて、リドは早々に事の顛末を報告することにした。

「なんと、そんな巨大なモンスターを倒したというのか！」

「ええ。でも、みんなが頑張ってくれたおかげです。これでファルスの町周辺のモンスター発生も収まるかと」

「うむ、本当によくやってくれた。さすがはリド君だな。ガッハッハ！」

「ありがとうございます。ただ、少し気になることがありまして」

バルガスが高笑いする中、リドはギガントードの体内から出てきた黒水晶を取り出して見せた。

「んん？　何だ、このとんがった黒い石は？」

「はい。実は――」

リドはバルガスに対し、鉱山都市ドーウェルで起こった一連の事件を話していく。

話が終わると、バルガスが神妙な面持ちを浮かべて顎に手をやった。

「……ってことは何か？　まさかこの町の辺りで起こったモンスターの大発生は人為的なものだったってことか？」

「可能性はあります。なので、バルガス公爵にお願いが。エーブ辺境伯からこの黒水晶を買い入れていた人物について、調べていただきたいんです」

「分かった。確かに気になるしな。恐らく密輸に近いもんだろうし、エーブも簡単に口を割るとは思えんから、割り出しには時間がかかるだろうが」

リドはバルガスに黒水晶を手渡し、購入者の調査を依頼することにした。

「何にせよ、今回の一件は落着だな。町の周辺に残っているモンスターどもは自警団や冒険者の連中でも何とかなるだろう」

言いつつ、バルガスはリドに向き直り、そして深々と頭を下げる。それは相手に最大限の敬意を示す辞儀だった。

「ば、バルガス公爵？」

「リド君。改めてこの町の領主として礼を言わせてもらう。本当に、感謝する」

「え、えと……」

リドがどう反応していいか困っていると、バルガスが顔を上げてニカッと笑う。

そしてリドの肩をバンバンと叩いた。

「リド君には今回の一件も含めて話したいことがあるんだよな。ラストアに戻る前にちっとばかし時間をもらえるか？」

「はい、もちろん。……それに、僕からもバルガス公爵にお話ししたいことが」

ファルスの町の問題は解決したが、リドたちにはもう一つやらなければならないことが残っている。

ラストア村の廃村問題について、王家にかけ合うためにバルガスの力が必要なのだ。

リドはそれについてすぐにでも話そうとしたが、バルガスが手で制する。

「まあ待て、リド君。よく見りゃみんな服が濡れてるじゃねえか。まずは戦いの泥を落としてきたらどうだ？　話はその後でも遅くはねえだろう」

「師匠、是非そうさせてもらいましょう。さっき簡単には拭き取りましたが、私もまだヌメヌメで気持ち悪いですし」

「はは……。このままだと風邪ひいちゃいそうですしね」

エレナとミリィがバルガスの提案に賛同し、リドもそれにならって頷いた。

「そうですね。それではお言葉に甘えて」

「ああ。館には大浴場もあるからな。みんなでひとっ風呂浴びてくるといい」

「みっ、みんなで!?」

バルガスの言葉に狼狽えたのはミリィだった。

その様子を見てシルキーがやれやれと嘆息する。

「おい、むっつりシスター。バルガスのおっちゃんが言ったのは一緒の浴場にって意味じゃないぞ。リドとお前は別に決まってるだろうが」

「え……？　あ……」

自分の早合点《はやがてん》に気付いたミリィの顔が、みるみる内に赤く染まる。

そして、一瞬の沈黙の後、バルガスの大笑いが響くのだった。

★★★

「はぁ……。生き返りますわ～」

ファルスの町の領主館、その一角にある大浴場にて。

エレナが湯に浸かりながら蕩けた声を漏らしていた。

「うぅ……。恥ずかしい……」

一方でミリィは先程のことが尾を引いているのか、しおれながら体を洗っている。

「いい湯ですわねぇ。ミリィさんは師匠と入れなくて残念だったでしょうけど」

「うぐぅ……。掘り返さないでくださいよぅ、エレナさん」

「ふふ、すみません。気落ちしたミリィさんが可愛らしくてつい」

ちゃぷん、と。

ミリィは体を洗い終えた後で湯に浸かったが、エレナにからかわれたことでそのまま沈んでいきたくなった。

口元まで湯につけて、恥ずかしさを隠すかのようにぶくぶくと泡を吐く。

そんな様子がまたエレナの嗜虐心《しぎゃくしん》を刺激するのだが、当のミリィは気付かない。

なるほど、時折ぬいぐるみを抱きしめたくなる衝動に駆られることがあるが、それと同じような感情なのかもしれないと、エレナは一人で納得した。

「それにしても、師匠はさすがですわね。あんなでっかいモンスターを倒してしまうんですから」

「はは……。ほんと、あれだけの人が左遷されるなんて未だに信じられませんね。リドさんほどの人なら、王都《グランデル》にいればもっともっと脚光を浴びていたはずなのに」

「それなんですけど心配いらないかもしれませんわよ、ミリィさん」

「え？」

エレナは肩にぱしゃりと湯をかけつつ、言葉を続ける。

「先程、お父様が師匠に対して話があると言っていたでしょう？　あれはきっと、師匠が王都神官に返り咲けるよう対処するというお話ですわ」

「あ……」

「元々、お父様は師匠のことを高く評価していましたからね。左遷についてあの俗物大司教の仕業だと分かったんですから、きっと師匠にとって相応しい場所に戻れるように手を回し――」

そこまで言って、エレナは「しまった」と思った。

王都神官の職というのは神官であれば誰もが憧れるものだ。

だからエレナの言葉は、リドにとって王都神官に舞い戻れるという話は喜ばしいことだと思ってのものだった。

しかし、ミリィにとってはどうか。

ミリィがリドに少なからず好意を抱いていることはエレナも気付いている。

リドが王都神官に復帰するとなれば、ラストア村で見習いシスターをやっているミリィとはもう関わりがなくなってしまうことを意味するのだ。

「すみません、ミリィさん。配慮のない言葉を……」

「……いえ、いいんですエレナさん」

ミリィはふるふると首を振って力なく笑う。

「リドさんにとってはその方が良いですからね。うん、そうですよ。元々リドさんほどの人が、私たちみたいな小さな村に来てくれたことが奇跡みたいなものだったわけですし」

「……」

「あ、そういえばこの前、リドさんに村の案内をしたときにお弁当を作れなかったんですよ。今度機会があったら披露したいと思ってたのに、できなかったのは残念だなぁ。でも、リドさんが王都に戻れることに比べたら、そのくらい……」

「ミリィさん……」

ミリィの言葉は自分自身に言い聞かせているようでもあった。

健気な少女を見て、むしろエレナの方が悲痛な表情を浮かべる。

無理矢理に笑っているという感じのミリィに対してかける言葉が見つからず、エレナはただ黙することしかできなかった。


「なるほどな。王家の下部機関が勝手に出した廃村命令を覆したい、と」

「はい。ラストアは小さな村ですが、そこに住んでいる人たちにとってはたった一つの故郷です。だから、何とかしたくて」

「そうさなぁ。河川の浄化をするためって言ったって、わざわざ村一つ潰すほどのことかと思うしな。恐らく、下部組織の連中からすれば立地的に費用が掛からねえからとか抜かすんだろうが」

湯浴みを終えてすぐ。

エレナやミリィと並んで長椅子に腰掛けたリドが、ラストア村が抱えている廃村問題についてバルガスに切り出していた。

リドの言葉を咀嚼《そしゃく》するかのように目を閉じていたバルガスだったが、ぱっと顔を上げて大きく頷く。

「おっし！　その件はオレに任せてくれ」

「ほ、本当ですか、バルガス公爵」

「ああ。リド君には娘の天授の儀に引き続き、今回の大恩もあるしなぁ。王家にはちょっとしたツテもあるから、安心してくれて構わねえぜ！　ガッハッハ！」

自信たっぷりに胸を叩いたバルガスを見て、リドは顔をほころばせた。

膝の上に乗ったシルキーもまた、鼻を鳴らす。

「やったな、リド。これでラストア村の連中も喜ぶだろう。バルガスのおっちゃんも自信満々みたいだし、泥舟に乗ったつもりでいようぜ」

「シルキー。もうそれ、わざと言ってない？」

「ん？」

リドが半ば呆れたようにシルキーを撫でて、溜息をつく。

そうして弛緩《しかん》した空気が流れる中、バルガスが軽く咳払いをしてから切り出した。

「ところでよ、リド君。次はオレからなんだが」

「はい、先程仰っていましたね。僕に話があると」

「リド君は王都神官に復帰したくはねえか？」

「え……？」

リドにとっては予想外だったバルガスの言葉。

そのときミリィがきゅっと拳を握ったことに、エレナだけが気付いた。

「リド君の左遷の件、ありゃあどう考えてもおかしいからな。公爵家として王都教会に抗議すれば奴らも無視はできねえだろう。リド君にはまた王都に戻ってきてほしいと、オレ自身強く思ってる」

「僕が、また王都神官に……」

「ああ。リド君さえ望めば、そのように取り計らうのは簡単だ。さっき言った通り、今回の件の礼も兼ねて、だ」

元々、リドほどの神官が王都神官の任を解かれたのは、ゴルベールに全ての原因がある。

有能な神官ですらも稀であると言われる赤文字のスキルの更にその上、金文字のスキルを発現させ、それどころか、複数のスキルから選択して授与可能であるという規格外の儀式を行う。

更には自身も様々な神器を操り、一騎当千とも言うべき強さを誇る。

それがリド・ヘイワースという神官が持つ能力だ。

にもかかわらずリドを王都から退け、辺境の小さな村に左遷するなどという人事は、愚かの極みと言う他ない。

だから、諸々の事情を知っているバルガスはリドに提案した。王都神官に復帰する意思はないか、と。

王都神官に返り咲き、バルガスの後ろ盾を得たということになれば、将来の安泰は約束されたようなものだ。

金や地位を手に入れられるというだけではない。

リドがこれまでやってきたように自身の能力を発揮していけば、誰からも羨望の眼差しを向けられ、伝説の神官として歴史に名を刻むことになるだろう。

リドの隣にいたミリィには、それが痛いほどよく分かっていた。

「どうする？　リド君」

「……」

バルガスの発言の意図を汲み取り、リドは心の中で選択を固める。

そして、バルガスを真っ直ぐに見て、はっきりと答えた。

「申し訳ありません、バルガス公爵。せっかくのお話ですが、お断りさせてください」

「え……」

リドの言葉を聞いたミリィが、伏せていた顔を上げる。

瞳に映ったリドの顔には迷いがないように見えた。

「ふぅむ。良ければ理由を聞かせてもらえるか？　ああいや、リド君の選択をどうこう難癖付けるわけじゃねえ。単にオレの興味本位なんだがよ」

「……僕にとって、ラストアは特別な村だからです」

「特別?」

「はい。王都から左遷されたとき、実は僕、少しだけ落ち込んでいたんです。でも、ラストア村の人たちが温かく受け入れてくれたことで、救われた気持ちになりました。僕にも居場所はあるんだなって」

「……」

「ラストア村の人たちは感謝してくれましたが、本当に感謝したいのは僕の方なんです。それに、自分の特別を守るために行動することの大切さを、ある人に教えてもらいましたから」

ミリィの青い瞳から、一筋の涙がこぼれていた。

それだけでは留まらず、色んな感情がないまぜになったことでミリィの顔はくしゃくしゃに歪《ゆが》む。

「リドさぁあああん……」

ミリィはそんな顔を見られたくないという思いからか、それとも別の理由もあってか、隣に座っていたリドの肩口へと自分の顔をうずめた。

「うわっ。ミリィ、なんで泣いてるの?」

「だって……。だってぇ……」

何故こんな状況になっているのか分からず困惑するリドに対し、ミリィの背中を優しくさすっていたエレナが声をかける。

「乙女心は複雑ですのよ、師匠」

「そ、そうなんだ……」

「そうなんですの」

そんな様子を見たバルガスはボリボリと頭を掻いて呟く。

「あい分かった。本人の意思を無視して強制するほどオレも野暮じゃねえ。リド君が決めたならオレがとやかく言うことでもねえしな」

「すみません。領主としてのお立場もあると思うのですが……」

「良いってことよ。どちらかといえばこっちの我儘《わがまま》だしな。自分が大切だって思うものに報いようとするのは、立派だと思うぜ」

そう言ってバルガスはリドに向けてにかっと歯を見せる。

「ま、リド君に天授の儀を希望する者がいたら、ラストア村までの馬車とかを出せば済む話だしな。ガッハッハ」

「は、はい。もちろんそのときには喜んで」

何とも、バルガスらしい対応だった。

と、エレナが突然立ち上がり、宣言するかのように声を発する。

「よしっ。そうとなれば、私決めましたわ！　私も師匠と一緒にラストアへ付いていきますわ！」

「はぁ……。やっぱりそうきたか」

娘の言葉を聞いてバルガスは嘆息した。

元々エレナがリドに入れ込んでいたことから、そのようなことを言い出すのは想定していたのかもしれない。

「エレナ、いいの？」

「ええ、もちろんですわ師匠。私はもっともっと強くなる必要がありますし、そのためには師匠のお傍にいて指南を仰いだ方が良いですもの。ご恩を少しでもお返ししたいですしね」

「リド君よ。エレナちゃんは一度言い出したら聞かないからな。すまんが娘のことをよろしく頼んだぞ」

「は、はい。僕にできることであれば、精一杯お力になります」

バルガスに頭を下げられ、リドは姿勢を正して頷く。

「やれやれ、うまくまとまったな。ま、終わり良ければなんとやらだ」

言葉こそ素っ気なかったが、リドの膝上で呟いたシルキーの尻尾は、楽しげにパタパタと揺れていたのだった。

幕間　ゴミ山の大司教様

「くそっ！　くそぉっ――――！」

王都グランデルの外れにある廃棄物の集積場にて。

夕暮れ時、ゴルベールが焦燥に駆られた様子でゴミ山を漁っていた。

「どこだ……。あの報告書はどこにある！」

廃棄物特有の腐敗臭が漂う中で、ゴルベールは目当てのものを探し回る。

ゴルベールが今探しているものとは言わずもがな、リドが左遷される際に残していった報告書だ。

ゴミ山をぐちゃぐちゃとかき分けていたせいで、ゴルベールが身に纏っていた豪奢《ごうしゃ》な教会服は所々が汚水にまみれていた。

もっともそれは、ろくに読みもせず屑籠へと報告書を投げ捨てたゴルベールの自業自得ではあるのだが。

しかし、ゴルベールはなりふり構ってなどいられない。ここのところ、王都教会には抗議で押しかける者が殺到していたためだ。

リドが天授の儀を担当していた者、これから担当するはずだった者たちが、リドを左遷するという理不尽な人事に異を唱え、今では収拾がつかなくなりつつあった。

中には王都教会に見切りを付けて、リドの左遷先であるラストアへと旅立つと宣言した者もいるほどだ。

王都教会でなく辺境の村にいる神官が選ばれるなど、前代未聞である。

「おーい、大司教さんよ。そろそろ諦めたらどうだい？」

「うるさいっ！　この私に意見するな！」

集積場の管理人の男性が声をかけるが、ゴルベールはそれを聞き入れようとしなかった。

白い目を向けられていようが知ったことではない。

ゴルベールにとって今はリドの残した報告書の回収が先決である。

――リド神官は平民の私にも良くしてくださったというのに、後任の大司教様は彼がどのようなスキルを授けたかすらご存知ないのですね。このことは領主のバルガス様にもご相談させていただきます。

そんな言葉を、つい先程面談した者にも言われたばかりなのだ。

リドが担当していた者について記載した報告書があれば、少なくとも王都教会に対する不信のいくばくかは回復ができるだろうと、ゴルベールは躍起《やっき》になっていた。

「おい！　本当に王都のゴミはここに集められているのか？　貴様、適当なことを言っているのではあるまいな！」

やがて探すことに疲れたのか、ゴルベールがゴミ山から降りてきて集積場の管理人に当たり散らす。

「何だよその言い草は。アンタが探したいものがあるって言うから、こっちは善意で許可してやってるってのに。そもそも、そんなに大事な物ならなんで捨てたんだよ」

「そ、それは……」

「大司教様が何を探してるかまでは分からねえがよ、俺はアンタら王都教会をよく思ってねえからな」

「な、何だと⁉」

ゴルベールは管理人の言葉に食って掛かった。

平民風情が何を言うかと凄んでみせたが、管理人は冷たい視線でゴルベールを見下ろす。

「アンタら、普段は『女神の下には何人たりとも平等』とか説いてるらしいが、裏ではより多くの金を積んだ奴の所に有能な神官を派遣しているそうじゃねえか。緑文字や赤文字の上級スキルが欲しかったら賄賂を寄越せって言ってな」

「そ、そのようなことはない。根も葉もないデタラメだ！」

「どうだかな。最近じゃ、リド・ヘイワースって神官はそんな教会の方針に従わなかったから左遷されたんだって噂もあるぜ。彼は平民だろうがスラム街の住人だろうが差別なんてせずに天授の儀を行ってたって聞くしな」

「ぐ……」

管理人の男性の言葉にゴルベールは顔をしかめた。

しかしすぐに、そんな話に付き合ってはいられないとばかりにゴミ山の方へと戻ろうとする。

あと数日でゴルベールの上職であるドライド枢機卿が王都に戻ってくるのだ。

そのときまでに少しでも状況を良くしておくため、リドの報告書は何としても手に入れなければならない。

そう考えて再度ゴミ山へと足を向けたゴルベールに、待ったの声がかかる。

「おっと、悪いがもう時間切れだ」

「何を言う。別にまだ陽も落ちていないのだし、私が探すのは勝手だろう？」

「そういうことじゃねえよ。今日は月に一度の『焼却処理日《しょうきゃくしょりび》』だからな」

「は……？」

管理人の男性が指差した方をゴルベールが見やると、そこには魔導師風の男たちが整列していた。

その内の一人が管理人の前に歩み寄り、声をかける。

「どうも管理人さん。それじゃあいつも通りでいいかね？」

「お願いします。やっちゃってください」

管理人の言葉を合図に、整列した魔導師たちが何事かを唱え始めた。

ほどなくして彼らの上空には巨大な火の玉が現れ、それを見たゴルベールが狼狽する。

「お、おい。まさか……」

「離れてろよ、大司教さん。ゴミと一緒に燃やされちまうぞ？」

ゴルベールはまだ報告書が眠っているであろうゴミ山に駆け寄ろうとしたが、管理人の手によって止められた。

そして——。

「よし。それでは、射出！」

「ま、待っ――」

ゴルベールの言葉は轟音によって遮られ、巨大な火球がうず高く積まれたゴミ山に命中した。

「あ……。あ……」

轟々と燃え盛るゴミ山を見つめながら、ゴルベールはガクリと膝をつく。

火の勢いは凄まじく、燃えやすい類の廃棄物――例えば羊皮紙の束などであれば跡形も残らないだろう。

「あぁあああああああああっ！」

夕暮れの集積場にゴルベールの叫びが響き渡る。

ゴミ山の火から逃れてきた鼠《ねずみ》がゴルベールの足元にチュウチュウとたかっていたが、当の本人はそれに構うことすらできなかった。

四章　ラストア村の発展と因果応報

「リドさーん！」

ある晴れた日の昼下がり、ラストア村の畑にて。

リドが汗を拭いながら農地を耕していたところ、ミリィが銀髪を揺らしながら駆け寄ってきた。

「リドさん、お疲れ様です！」

「やあ。みんな揃ってどうしたの？」

ミリィの後に続き、シルキーを腕に抱えたエレナもやって来る。

「お疲れ様ですわ、師匠。今日は天気も良いからお昼を外で、というお話になりましたの」

「あ、もうそんな時間か。いやぁ、農作業やってると時間忘れちゃうね」

「相棒よ、昨日も言ったが別にお前が農業を手伝う必要はないと思うぞ。今じゃ村の奴らもリドが授けたスキルのお陰でだいぶ楽になったって聞いたし」

「ううん。スキルを授けただけで終わりというのも嫌だからね。それに、この村に住まわせてもらっている以上、色んなことを手伝いたいし」

「ったく、相変わらず律儀なことで」

そう言いながらシルキーはエレナの腕の中で尻尾を振っていたが、どこか楽しげな様子だった。考えがリドらしいなと思ってのことかもしれない。

「リドさん。私、お弁当作ってきたんです。みんなで一緒に食べられたらなと思って」

「ありがとうミリィ。それじゃ、休憩にしようかな」

リドは一緒に作業をしていた村人たちに断りを入れた後、畑の横にある木陰に移動する。

ミリィが意気揚々と牧草の上に敷物を広げると、シルキーが「まるでピクニックだな」と呟いた。

「うわぁ、すごく豪華なお弁当だね。こんなに作るの大変だったでしょ」

「はは、ありがとうございます。つい作りすぎちゃいました」

敷物の上に座ったミリィが照れながら頬を掻く。

目の前に並べられたのは弁当というよりも、ご馳走と表現した方が相応しい料理の数々だった。

程よく焼かれた卵焼きにシルキーの好物である干し魚。新鮮な野菜を使用したサンドイッチに、ワイバーンの兜焼きを切り取って香草で巻いた肉料理などなど。

作るだけでも相当な手間がかかりそうなそれらを、ミリィは一人で作ったらしい。

「ふふふ。ミリィさんってば、リドさんにお弁当を食べてもらうんだって張り切っていましたのよ。ですから、量が多いのはそのせいですわ」

「え、エレナさん」

「そうなんだ。ありがとね、ミリィ」

「は、はいぃ……」

リドが無垢な笑顔を向けると、ミリィは赤面して俯く。それをシルキーがからかうまでがいつもの流れだ。

「ま、吾輩は美味いメシにありつければ何でも良いけどな」

「もう。シルキーさん、野暮ですわよ」

ヘラヘラと笑いながら言ったシルキーにエレナが指摘を入れる。

そんなやり取りを交わし、リドたちはミリィが作った豪華すぎる弁当に手を付けていった。

「うん、とっても美味しいよ！」

色鮮やかな卵焼きを口に含むと、リドが思わずといった感じで声を上げる。

その反応にまたミリィは照れてはにかむのだが、心中は作った甲斐があったと喜びで満ち溢れていた。

「そういえばエレナ、もうこの村には慣れた？」

「はいですわ、師匠。村の人たちもとても良くしてくださいますし、師匠がこの村を特別だって言っていたのも頷けます。本当に良い場所ですわね」

「ふふ。そう言ってもらえると私も嬉しいです。でもエレナさん、私と同じお部屋で良かったんですか？　私は嬉しいですけど、まだ家には空きのお部屋もあるのに」

「は、はい。それはもう」

「ミリィよ、察してやれ。エレナのお嬢さんは一人じゃ怖くて寝れないんだから、お前と一緒じゃないとマズいんだよ。昨日の夜も手洗い場に行くとき付き添い頼んでただろ」

「な、何でシルキーさんがそれを知って……」

「猫だからな。どこにでも現れるのさ。シチューカボチャって言うだろ？」

「……シルキー。もしそれが神出鬼没のことなら、もうほとんど合ってないからね。とんでもなく言い間違えてるよ」

リドは嘆息し、相変わらずな愛猫を撫でた。

そうして一同はミリィの料理に舌鼓を打ち、談笑を挟みながら穏やかな時間を過ごしていく。

「それにしても、だいぶこの畑もデカくなったなぁ。作物の出来もかなり良くなったんだろ？」

「リドさんのおかげですね。農作班の人たち、すごく喜んでましたよ。【土精霊召喚《つちせいれいしょうかん》】や【局所天候操作魔法《きょくしょてんこうそうさまほう》】のスキルを授けてくれたお陰で農作業がとても捗るようになったって」

「それはもう捗るって域を超えてる気がするけどな」

「ほんと、師匠の行う天授の儀は流石ですわね」

食事の後でミリィやシルキー、エレナは会話しながら目の前にある風景を眺めていた。リドがこのラストアの地で行った天授の儀の成果と言えるだろう。

そこには広大な農地が広がっており、それはリドがラストアに左遷されてやって来る前よりも明らかに面積が増えていた。

他にも建築系のスキルを授かった住人が新しい住居を次々に建てたり、戦闘系のスキルを授かった狩猟班が強靭な魔物を倒したりと。今やこの村には有用なスキルを持つ者が多く現れ、まさに生活環境が一変しつつあった。

「そういえば相棒。今日も天授の儀、やるんだろ？」

「うん、そうだね。カナン村長から聞いたところ、希望する人がたくさん来てるって。嬉しいことだね」

シルキーの言葉にリドは笑って返した。

リドがラストア村にやって来てから変わったことはもう一つある。

規格外のスキルを授ける神官がいるという噂が広まっているのか、それとも元々リドを知る者が多数いたということなのか、近頃のラストア村には外から大勢の人間がやって来るのだ。

無論、皆がリドの行う天授の儀を目当てにしている。

「まったく。吾輩の相棒は人気者だな」

シルキーが呟き、賑やかな昼食の時間は過ぎていった。

★
★★

「ほ、本当に良いのか神官様。俺が【弓術の全使用】なんてスキルをもらっちまって……」

ラストア村の教会にて――。

リドの前には今しがた天授の儀を受けたばかりの男性がいる。

その男性がリドに対して向けた表情は少し……いや、かなり引きつっていた。

男性に対し、リドは金の神聖文字で表示されたスキルを指差しながら悩ましげに呟く。

「そうですね。貴方は狩人を生業《なりわい》にされているとのことですし、こっちの【超広範囲・探知魔法】にするか迷いどころですよね」

「いや、神官様。そういうことじゃないんだが……」

「あ、でももし使ってみて合わないようでしたら再度スキル授与させていただきますのでご安心ください。授与のやり直しも可能ですから」

「おおぅ……」

天授の儀を終えた男性はリドからスキルの説明を受け、その後「神だ、この村には神がいるぞ……」と呟きながら教会を出ていった。

「それでは次の方、どうぞー」

リドの補佐をしているミリィが教会の外に向けて声をかける。

教会の外には長蛇の列ができていて、その全てがリドに天授の儀をしてもらうために村の外から集まった人間たちだった。

中には王都グランデルからやって来た者もいるという。

奇しくも、左遷された直後にシルキーが言っていた「リドをお目当てにしてた奴ら、辺境の土地まで追っかけてきたりしてなぁ」という冗談は現実になっている。

一応、スキルを悪用しようとする輩が近づかないようにミリィの姉であるラナが外で簡単な受付をやっていたが、あまりの人の多さに疲労が見え始めていた。

次にやって来たのは女性で、ミリィがリドのもとへと案内する。

「ええと、ここに来れば凄い神官様がスキルを授けてくださるって聞いたんですが」

「はは……。別に僕は普通の神官ですよ」

「いえ、リドさん。普通の定義がおかしいです」

リドに対してミリィが鋭い指摘を入れる一方で、女性は言いにくそうに切り出した。

「あ、あの。実は私の家は貧しくて……。家族のためにスキルを授かりたいと思っているんですが、今はまとまったお金が用意できないんです……。お願いします！　お金はいつか必ずお支払いしますので、私にスキルを授けていただけないでしょうか！」

「え？　僕、お金なんていただいてませんよ？」

「そ、そうですよね……。って、え……？」

女性がリドの言葉に顔を跳ね上げる。

聞き間違いかという顔をしていたので、ミリィは説明してあげることにした。

「リドさんはですね、天授の儀でお金を受け取ったことないんですよ。私たちの村を救ってくださったときもそうでして。ほんとにお人好しというかなんというか。まあ、そこがリドさんの良いところなんですが」

「え……、本当に？　凄いスキルを授ける神官様にはいくらか包まないといけないと聞いたことが……」

「大丈夫です。僕で良ければいつでも天授の儀を行わせていただきますよ。お金はいただきません」

「ああ、神様……」

まるで崇拝するかのように跪いた女性に、リドが逆に慌てていた。

そんなリドの頭に乗っていたシルキーが、特に驚く様子もなく一言呟く。

「良かったなリド。お前、左遷されたのに神扱いされてるぞ」

★⋆★

「やあリド君、終わったか。お疲れ様」

「はい。ラナさんもお疲れ様です」

一通りの天授の儀を終え、リドが教会の外に出ると気持ちの良い陽射しが降り注いでいた。

ラナは毅然《きぜん》とした態度を取っているが、若干疲れ気味の様子だ。

「しかし、今日も来訪者が多かったな。その全てがリド君を目当てにしているというのだから恐れ入る」

「はは……。でも、僕の天授の儀を求めてきてくれるのは嬉しいことです」

「そういえば、村に転入したいという者も多かったぞ。今日だけで十人だ」

「そんなにいると話を聞いてあげるカナン村長も大変ですね」

「ああ。右から左へというわけにもいかんからな。身辺調査も兼ねてだから大変だろう。嬉しい悲鳴というやつだな」

村の中央広場では、カナン村長が村に転入希望する者たちの対応に追われていた。

リドは後で滋養剤でも作って差し入れてあげようと思いながら苦笑する。

「しかし、リド君のおかげで廃村命令も無事撤回されそうだしな。本当に、リド君には感謝しきりだ」

「いえいえ、みんなのおかげですよラナさん。それに、バルガス公爵の助力があってこそです」

「ふふ。まあ、そういうことにしておこうか」

ラナが柔らかく笑い、楽しげに声を漏らす。

と、村の入り口の方から明るい声が響いてきた。

「師匠〜！　ただいま戻りましたわ〜！」

その声に反応して目を向けると、エレナが巨大な台車を引いて村の外から戻ってくるところだった。

周りには一緒にモンスター討伐に出ていたであろう、狩猟班の村人たちも見える。

「おかえりエレナ……って、随分あるね」

「ふっふ〜ん。大漁大漁、ですわっ！」

台車の上には、ワイバーンの頭部が山のように積まれていた。

エレナが得意げに胸を張るのも頷けるというものだ。

「聞いてくれよリドさん。今日はワイバーンと一対一でやって勝てたんだ」

「おお、それは凄いですね」

「エレナさんもめっぽう強いし、これならワイバーンの兜焼きを行商に使う案も実現可能になりそうだ。リドさんがバルガス公爵に掛け合ってくれたおかげだな」

「師匠が提案したら是非にと言っていましたからね。ファルスの町までの行商路を確保するのは大変でしょうが、この村の方たちなら護衛を付けずともやれそうですわ」

「ミリィの薬草の樹から採れた上級薬草もかなり需要ありそうだしね」

「ふふ。お役に立てて嬉しいです」

リドは村人たちと談笑しながら笑みをこぼす。

「しかし、リドよ。村が発展するのは良いことだが、その分やることも多くなりそうだな」

「そうだねシルキー。幸いにも土地は豊富だけど、村の設備も整えなきゃいけないし。やらなきゃいけないことがまだまだたくさんだ」

慌ただしくも充実した日々だ。

村人たちの会話も盛り上がりを見せ、辺境の地とは思えないほど活気に満ち溢れている。

ここ数日、ラストア村ではこんな光景が当たり前になっていた。


一方その頃、ファルスの町の領主館にて。

「バルガス様。王家からの届け物がございます」

「うむ、ご苦労。下がってよいぞ」

従者から書簡を受け取り、バルガスは蝋《ろう》で固められた封を片手で器用に剥がしていく。

「お、ラストア村の廃村命令、無事撤回されそうだな。アイツに直接言った甲斐があった。ガッハッハッ、リド君も喜ぶぞ」

バルガスは満足げに笑い、王家のとある人物から宛てられた手紙を引き出しに入れようとした。

「ん？　もう一枚あるな。ああ、例の黒水晶の買い手を調査してもらっていた件か。どれどれ――」

そこに綴られた文字にバルガスが目を通していく。

そして――。

「おいおい。マジか、こりゃあ……」

最後まで読み終えたバルガスは、無意識に声を漏らしていた。

★★★

「リドさーん。朝ですよー。起きてくださーい」

「ん……ぅ……」

呻き声を漏らしたリドがまた寝息を立て始めてしまい、ミリィは小さく嘆息する。

もはや見慣れた朝の光景ではあったが、朝食はみんなで食べたい派のミリィとしては見過ごせない。

最近ラストアに越してきたエレナが今はミリィと相部屋になっているため、食卓も賑やかになっていた。

「もう、リドさんったら。相変わらず朝は弱いんですね。エレナさんはもうとっくに起きてるのに」

「キスしたら目覚めるかもしれんぞ」

「も、もうシルちゃん。あれはやらないから。…………たぶん」

窓辺に佇《たたず》んでいたシルキーとのやり取りももはやお決まりだ。

ミリィの初々しい反応が面白くて、毎度シルキーはご満悦である。

その日は朝からとてもよく晴れた日だった。

良い陽気、というよりは暑さを感じるほどで、ベッドの上のリドも額にしっとりと汗をかいている。

「リドさん、どうやら起きそうにないですね」

「今日くらいは良いんじゃないか？　ここのところ村の外からやって来る連中が多かったからな。村おこしのためにこの前は農作を手伝っていたし。さすがの相棒も疲れたんだろう」

「ふふ。でもそうですね。幸い天授の儀を希望する人の数も落ち着いてきましたし。ゆっくり休んでいてもらいましょう」

ミリィは柔らかく笑って、リドの部屋を出ていこうとした。

と、何かを思い出したようにシルキーの方へと振り返る。

「あ、シルちゃん。私、朝のお風呂に入ってくるのでリドさんが起きたら伝えておいてもらえます？ちょっと今日は朝から暑くて、寝汗をかいちゃって」

「あい分かった。風呂場にリドを向かわせりゃいいんだな？」

シルキーがからかったことで、ミリィの顔がみるみる赤く染まる。

「な、なんでそうなるんですか！　リドさんが間違ってお風呂場に来ないよう伝えておいてほしいって意味ですよ！」

「なんだ。むっつりシスターのことだから一緒に入りたいから気を遣えってことなのかと」

「……」

を楽しむことにした。

そしてミリィが恥ずかしがりながら部屋を出ていく様を見届けてから、窓辺で心地よい日向ぼっこ

これだからミリィをからかうのはやめられないと、シルキーは満足そうに自分の首輪を掻く。

「……お前ってすごく分かりやすいやつだよな、ミリィ」

「モ、モウソウナンテ、シテマセンヨ？」

「冗談だ。妄想するなよ」

――それからほどなくして。

「んむ……」

「お、起きたか相棒」

「ああ、おはようシルキー」

「まだ寝てていいんだぞ？　今日は天授の儀に来てる奴もいないみたいだし」

「うん、ありがとう。でも、何だか暑くって」

言いつつ、リドは寝間着の胸元をパタパタと仰いだ。そしてその後に伸びをしてベッドから降りる。

「僕、ちょっとお風呂入ってこようかな。汗かいちゃったし」

「了解。吾輩はもう少ししたら下に降りる……。むにゃ……」

「もう、二度寝しないでよ？」

「お前には言われたくないぞぉ、リドよ」

シルキーは欠伸《あくび》をするが、日向ぼっこをしていたせいで頭が回らないのか、またウトウトし始めた。

「……と、何かお前に伝えなきゃいけないことがあったような」

「ん？　何？」

「思い出せん」

「あはは。後でちゃんと思い出したら言ってね」

「んむ……」

シルキーが前足を枕にして寝そべってしまったので、リドは仕方なく一階に降りることにした。

そうして脱衣所の扉の前まで来る。念の為ノックをするが反応はなし。

「まあ、いつもこの時間は誰も入っていないし大丈夫か」

朝風呂に入って、気持ちいい一日の始まりにしよう。

リドはそんなことを考えながら扉に手を掛け、そしてそのまま開け放つ。

「え？」

「あっ」

そこには、ミリィがいた。

「きゃぁあああああああっ！」

「ミリィ!?　な、なんで!?」

リドが狼狽したのも無理はない。

ミリィは一糸纏わぬ姿で立っていたのだから。

叫び声を上げたのも無理はない。

リドに一糸纏わぬ姿を見られたのだから。

更に言うと、こうして遭遇してしまったことについて、二人には何の責任もない。

ミリィがちょうど風呂場から脱衣所に出てきたタイミングだったため、リドのノックに反応できなかったというのも、間が悪いとしか言いようがない。

全ては、二階で日向ぼっこを堪能し、自分の使命を忘れ去っていた黒猫のせいである。

「ミリィ！　どうした!?」

「師匠！　悲鳴が聞こえましたが!?」

既に起きて一階にいたラナとエレナが駆けつけてきた。

「あ……」

「まぁ……」

状況を把握した二人が硬直する。

それもまた、無理はないことだった。


一方その頃、二階では――。

「……。あ、思い出した」

ミリィの叫び声で目を覚ましたシルキーが呑気に呟いていた。

★
★
★

「シルちゃんに当分おやつは出しませんから」

「な、何だと!?　そんな理不尽なっ！」

「理不尽なのは裸を見られた私の方ですからね!?」

調理場にいたミリィが珍しく声を荒らげてシルキーと言い合っていた。

食卓の席に着いていたリドはというと、とても居心地が悪そうに顔を伏せている。

「師匠が落ち込む必要はありませんわ。ミリィさんにとっては災難でしたけど」

「ああ。今回の件は全面的にシルキー君が悪い」

「う、うーん？」

エレナとラナの二人に慰められ、逆にリドは反応に困ってしまう。

あの後リドは謝罪したが、慌てふためいたミリィに「悪いのはシルちゃんですから」と言われていた。

そうして、お互いなかったことにしようということで話は着地している。……のだが、シルキーとミリィはまだ何かを言い合っているようだった。

「大体、酔っ払ってリドに抱きついていた奴が何を言うか」

「それとはまた違いますよ！　私だってその、突然だとびっくりしちゃって」

「突然だと？　突然じゃなければ良いのか？」

「ははぁん。やっぱり満更でもなかったんだろう、むっつりシスターめ……あだだだだっ！　おいやめろ！　尻尾を掴むな！」

「あ、違……」

リドにはシルキーの叫び声以外は聞き取れなかったものの、またミリィがからかわれているのだということは想像がついた。

そんな光景を見ながらリドは溜息をつく。

今日もこうして賑やかに一日が過ぎていくのだろうと、考えた矢先だった。

「失礼、リド殿はおりますかな？」

「あ、カナン村長。おはようございます」

「おお、やっぱりおりましたか。リド殿にお客様が」

何やら慌てた様子で駆け込んできたカナン村長が、後ろを振り返る。

そこに姿を現したのは熊のような大男だった。

「おう、リド君。この間ぶりだな。食事時に失礼する」

「ば、バルガス公爵⁉」

「ええ⁉　なんでお父様がラストアにいらっしゃいますの？」

「エレナちゃんも元気そうで何よりだ。ガッハッハ」

バルガスは大口を開けて笑ってみせたが、すぐに真剣な表情になって皆のいる食卓へと足を向けた。

「早馬を使ってな。リド君に急ぎ知らせることがあってここまで来た」

「急ぎ知らせること？」

「ああ。まずはこれを見てほしい」

バルガスは懐から一枚の羊皮紙を取り出すと、それを皆が見えるように卓の上へと置いた。

一同がそこに書かれた内容を見ようと覗き込む。

「こ、これは……」

「ああ。例の黒水晶の買い手がな、分かったんだよ。エーブ辺境伯から何重にも経由していたらしいが、確かな情報だ」

バルガスは一度言葉を切って、そして続けた。

「そこに書いてある通り、黒水晶を手に入れていたのは王都教会のトップ――ドライド枢機卿だ」

★
★
★

「こ、これはドライド枢機卿。長旅お疲れ様でございました」

「……」

王都教会の一室にて。

ゴルベールは窓辺に立ち外を眺めていた白髪《はくはつ》の男へと声をかける。

白髪の男は振り返らない。彫像のように身動き一つせず、沈黙を守ったままだ。外に目を向けているため表情も窺うことができなかった。

（くっ。この御方に黙っていられると緊張感があるな……）

自分よりも立場が上にある者の沈黙というのは、どうしてこうも圧迫感があるのか。ゴルベールは固唾を呑んでそんなことを考えていた。

ドライド枢機卿――。

現王都教会の最高権力者であり、ゴルベールの上職に当たる人物だ。

遠征から帰還し、今こうしてゴルベールが呼び出されたという状況になっている。

「あ、あの。ドライド枢機卿？」

ゴルベールは堪えきれなくなって、ドライドへと再び声をかける。

ドライドからすぐに反応がなく、また沈黙が続くのかとゴルベールが思った矢先だった。

「やあすまない。少し、考え事をしていたものでね」

「い、いえ……」

ドライドはゆっくりと振り返りゴルベールへと視線を向ける。

浮かべた柔和な笑みとは対象的に、糸目のように鋭い目つきが妖しげな印象を抱かせた。

顔立ちは年齢不詳といった感じで、見ようによっては三十代そこそこのようにも見えるし、六十代と言われても納得することができるだろう。

（考え事をしていた、か……。よもや私の失態を知り、どのように処罰するか考えていたのではあるまいな。いや、帰還されたばかりでそれはない、か？）

ドライドの放っていた不思議な圧によって、ゴルベールの思考は悲観的な方向へと流されていた。

「この度は長らくの遠征、お疲れ様でございました。と、ところで、今回の遠征ではどのような――」

「ゴルベール大司教」

「はひっ……！」

ドライドがただ一言発しただけだというのに、ゴルベールはみっともなく裏返った声を上げた。

「そのような前置きはいらないよ。早速本題に入るとしようじゃないか」

「ほ、本題でございますか？」

「うん。まずは君が失脚したエーブ辺境伯から個人的な献金を受け取っていたという件だ」

「……っ！」

ゴルベールは思わず尻もちをつきそうになった。

ドライドの細い目に射抜かれたかのように、ゴルベールの顔は青ざめていく。

「どうしたんだい？　今日は暑いくらいにいい陽気だというのに」

「あ、いえ……。その……」

全てバレている。

ドライドが怪しく口の端を上げたのを見て、ゴルベールは察した。

「なぜ発覚したのか」よりも先に「どうするべきか」という思考がゴルベールの頭を覆い尽くす。

情けなく額を床に擦り付け、許しを乞《こ》うべきだろうか。たとえそれを行動に移したとしても、大げさなどではない。

ドライドが過去、不始末を働いた人物を処罰してきたことをゴルベールは知っていたからだ。

「申し訳ありません、ドライド枢機卿っ！　つ、つい魔が差してしまい、その……」

「おや、誤解させてしまったかな？　その件に関して別に私は何とも思っていないよ」

「……は？」

「君が誰よりも金や権力を欲していることは知っている。しかし、執着は何も悪いことではないさ。人は何かに執着するからこそ生きられるのだからね」

ドライドは笑みを浮かべたままで言葉を続ける。

「時折、世間には執着そのものを悪だと訴える者がいるが、私にとってみれば謎だよ。自分が飢えれば他の生物を殺してでも腹を満たそうとするのが人間だというのに。生への渇望《かつぼう》は執着と言わないのかな？」

「それは、確かにその通りでございますな……。はは……」

「金や権力への執着？　大いに結構。私は君のその心構えを評価しているつもりだよ。だから別に、君が個人的に受け取っていた献金については糾弾《きゅうだん》するつもりもないさ」

「あ、ありがとうございます！　そのように仰っていただけると私としても――」

「献金については、ね」

時が凍る、とはまさにこのようなことを言うのだろう。

ドライドの糸目が僅かに開き、ゴルベールの心臓が大きく跳ねる。

「さて、私が築き上げてきた王都教会に、多くの民から抗議書が届いているようなのだが、その件について説明してもらおうか？」

「あ、あぁ……」

ゴルベールはパクパクと口を開閉させ、呻き声を漏らすのが精一杯だった。

「ぐ、ぁあああ……！」

「さて、このくらいにしておこうか。あまりやりすぎて使い物にならなくなっても困るしね」

ドライドは笑みを浮かべ、ゴルベールの背中に押し付けていた焼きごてを離してやった。ドライドが手にしていたのはただの鉄の棒ではなく、ところどころに紋様が刻まれている。

これにより、焼印を刻むだけでなくある効果を発揮するのだが、それをゴルベールは知らない。というより、今はそれどころではない。

熱した鉄棒を押し付けられ、あまりの痛みに涎《よだれ》を垂らして喘ぐばかりだった。

「ほら。服も着るといい」

「うがぁっ！」

やっと解放されたと思っていたゴルベールが、またも悲鳴を上げる。

ドライドが衣服を被せたことで、先程まで焼かれていた箇所に布の繊維が擦れ、体の芯から侵されるような痛みに襲われたからだった。

「お、お気遣いいただき、ありがとうございます……」

「なに、構わないさ」

背中の激痛に耐えながら、ゴルベールはヨロヨロと立ち上がる。

「しかし、君が左遷を命じた少年、リド・ヘイワース君と言ったか、凄いね彼は」

「リド・ヘイワースが凄い、ですか？」

「ああ。だって彼がいなくなったことで王都教会に対する不信感が高まっているのだろう？　裏を返せば、それだけ彼に心を寄せる人間が大勢いたということだ。君よりよっぽど役に立っていたんじゃないかな」

「く……」

痛みとは別の理由で顔を歪めたゴルベールに、ドライドは容赦なく言葉を浴びせかけた。

「君が若い彼に嫉妬するというのも分かるけどね、私の身にもなってくれよ。もしそれだけの逸材が王都教会に残ってくれていたなら、さぞ上質な看板として使えていただろうに」

「……」

「良いかい？　君は王都教会の看板に泥を塗ったんじゃない。引き剥がして投げ捨てたのさ。だったらやるべきことは一つ。分かるよね？」

ゴルベールは理解する。

ドライドはこう言っているのだ。外した看板を探してこい、と。

しかし、今さら王都教会に戻るよう伝えたところでリド・ヘイワースは大人しく従うのだろうか、とゴルベールの胸の内に疑念がよぎる。

「でも、そもそも君の自業自得だよね？」

ゴルベールが答えに窮《きゅう》していると、ドライドは見透かしたかのような一言を放ってくる。

ドライドの顔には相変わらず笑みが浮かんでいたが、それが逆に恐怖であり、だからゴルベールは咄嗟に答えた。答えるしかなかった。

「や、やります！　リド・ヘイワースを連れ戻し、王都教会の信頼を回復してみせます！」


「ユーリア。そこにいるんだろう？」

ゴルベールが部屋を出ていった後で。

ドライドが呟くと、先程まで誰もいなかった空間に紫髪の美女が現れる。

「申し訳ありません、ドライド様。あの男は生理的に受け付けないので、気配を隠しておりました」

「まあ、その気持ちはとてもよく分かるけどね」

このユーリアという人物は、長年ドライドの補佐を務めてきた人物である。

【気配隠匿】のスキルを得意とし、その役割は単なる秘書に留まらない。実はドライドがゴルベールの失態を知り得たのも、彼女の働きによるものだった。

「それにしても、よく働いてくれたね。先にユーリアを王都教会に戻しておいたおかげでゴルベール大司教の不遜な行動も看破できたよ」

「勿体ないお言葉」

ユーリアが短く呟く。

こともなげに言ったその言葉は、ユーリアのドライドに対する忠誠心を表していた。

「ところで、ドライド様」

「何だい？　ユーリア」

「先程のお話の件ですが、リド・ヘイワース神官、戻ってくるでしょうか？」

「いや、厳しいだろうね」

即答したドライドに、ユーリアは思わず問いかける。

「……では、何故？　もうあの、醜く哀れで見るに堪《た》えない愚かな豚についても不要でしょう。ドライド様に命じていただければすぐにでも首を落として参りますが？」

「やれやれ、君はよほどゴルベール大司教が嫌いなんだな。まあ、言っていることは間違っていないけどさ」

「申し訳ありません。つい私情が漏れました」

「戻ってくることが厳しい、といっても可能性がゼロではないだろう。だから、ゴルベール大司教は適当に遊ばせておくとするさ。『保険』もかけたしね」

「……分かりました。ドライド様がそう仰るのでしたら」

ユーリアは切り替えた様子で首肯《しゅこう》した。

ドライドもまた頷き、懐から「あるもの」を取り出すとそれをそのまま目の前の卓の上へと置く。

「それに、いよいよコレを使った計画も進めたいところだからね」

そこに置かれたのは、淡い光を放つ「黒水晶」だった。

★★★

「ドライド枢機卿が黒水晶を集めていた人物……？」

バルガス公爵が卓上に広げた羊皮紙を見ながら、リドが呟く。

朝の賑やかな騒動があってから一転、バルガスが持ち込んだ情報によりラストア村の面々は一様に困惑した表情を浮かべていた。

その場にはミリィやエレナ、シルキーの他、ラナやカナン村長もいて、全員が黒水晶についての情報は知り得ている。それだけに戸惑いも大きかったようだ。

「吾輩たちに何かと縁があった黒い鉱物を王都教会のトップが集めていた、ねえ。何とも、キナ臭い感じだな」

シルキーが言いながら、パタパタと尻尾を振る。

普段は卓上にシルキーが上がっていると誰かが咎《とが》めるのだが、今は誰もそのことを指摘せず、ただ一様に神妙な面持ちを浮かべていた。

そんな中、バルガスが一つ咳払いを挟んで皆の視線を集める。

「一旦、ここまでの状況を整理するか。その方が今回の一件も把握しやすいだろうしな」

「そうですね。まず、僕たちが黒水晶のことを知ったのはラストアに鉱害病が蔓延していたときでした」

「いやぁ、あんときは何かと大変だったな。確かミリィがむっつりシスターだと知れたときだったか」

「シルちゃん……。今は真剣な話をしてるんだからその話題はやめましょうよぅ……」

話に横槍を入れてきたシルキーを抱え上げ、ミリィが力なく呟く。

エレナが興味ありげに「後で詳しく教えてください」と言っていたが、それは置いておき、リドは話を続けることにした。

「ラストア村の鉱害病の発端は、河川の上流にある鉱山都市ドーウェル。エーブ辺境伯が黒水晶の毒性を洗浄していたことが原因でした」

「確か、師匠がその悪い辺境伯をぶっ倒して判明したんでしたわよね？」

「そのときにエーブ辺境伯が誰かに黒水晶を売却しているという話でしたが、それがリドさんのいた王都教会の人だった、と……」

エレナとミリィが補足し、シルキーが更に言葉を続ける。

「で、次に黒水晶が出てきたのは、ラストア村に廃村命令が下された後だったな。サリアナ大瀑布でリドがあのバカでかい蛙のモンスターを倒したときだ」

「ギガントードですわねシルキーさん。このラストア村やドーウェルからも離れた場所でしたから、誰かの手によって黒水晶が運ばれた可能性が高いということでしたけれど……」

「しっかし、そもそも黒水晶って鉱物にどんな効果があるんだろうな？」

「そうですわね。はじめは採掘時に毒を生み出すって聞きましたから、何となく悪い印象がありましたが」

「あながち間違ってないんじゃないか？　あの巨大な蛙を討伐したときも体内からソイツが出てきたんだからな。ドライド枢機卿が何かの目的でギガントードに飲ませた可能性だってある」

シルキーが鼻を鳴らしながら言って、バルガスが大きく頷いた。

しかし、すぐに解せないといった感じでバルガスが頭をボリボリと掻き始める。

「ふぅむ。そうなると、ドライド枢機卿が何を目的に黒水晶を集めていたのかってところだな。あんまり良い目的だとは考えられなさそうだが……」

「モンスターを大繁殖させようとしていた、とかじゃねえか？」

「でもシルちゃん、王都教会のトップがそんなことをするんでしょうか？」

「分からんぞ。何たってあのゴルベールが大司教をやってる組織だしな」

「それは、確かに……」

ゴルベールがこれまでしてきた所業については一致した考えを持っていたため、そこにいた皆が深く頷いた。

「ところで、ドライド枢機卿ってどんな人なんです？　リドさんが左遷される前から王都教会にいた人なんですよね？」

「うん。そうなんだけど、実は僕もドライド枢機卿とはほとんど会ったことがないんだ。王都神官の任命式のときには顔を合わせたけど、そんなに話したりしたわけじゃなくて。確かその後すぐに遠征に出かけていたし」

「遠征、ですか……？」

「確か、王国の各地を回るって話だったけど。何のためかは……、そういえば知らされてなかったな……」

リドのその言葉で、まだ確定的ではないものの怪しいという印象を皆が持ったようだった。いや、怪しいというよりは得体の知れない謎を抱えた人物だといった印象か。

何とはなしに、その遠征には今回の黒水晶の一件が関わっているのではないかと、一同はそう考えていた。

「今のままだとドライド枢機卿が一連の事件に関わっていたんじゃないか、って推測までだな」

「そう、ですね……。僕も王都教会のトップが暗躍していたなんてあまり信じたくはないですが、注意して調べるべきかと思います」

リドが言って、皆が頷く。

そして、ドライドが黒水晶を集めていたという情報から警戒していく必要があるだろうという認識を共有したところで、バルガスが何かを思い出したかのように声を発した。

「っと、そうだった。別件なんだが、皆に伝えなくちゃならねえことがあってよ」

「伝えなくちゃいけないこと、ですか？」

「おう。実は明後日、ラクシャーナ王がこのラストア村にやって来る予定になってるんだ」

「「「は……？」」」

まるで日常的な会話でもするかのようにバルガスが言ったものだから、リドたちは呆気に取られて声を漏らす。

それも無理はない。

突然、自分たちの住む村に一国の王がやって来ると言われたのだ。

「え……。ラクシャーナ王が、ですか？」

「そうだ。ラストア村に来たいってよりかはリド君に会いたいんだと」

「お、王様が僕に……!?」

「うむ。ちなみに、今回の黒水晶の買い手を突き止めたのもラクシャーナ王だ」

こともなげに言ったバルガスに対し、シルキーが問いかける。

「バルガスのおっちゃんよ。もしかして王家にちょっとしたツテがあるって言ってたのは……」

「おうよ、ラクシャーナ王のことだ。って、そういえば話してなかったな。どうだ、驚いたろ？ガッハッハッハ！」

「はぁ……。驚いたなんてもんじゃありませんわ。お父様にそんな交友関係があるだなんて、私も知りませんでしたし」

まるで子供が仕掛けた悪戯に満足したかのようにバルガスが笑う中、ミリィは目を白黒させて慌て始める。

「どどど、どうしましょう。王様がこの村に来るなんて……。やっぱりそれだけのおもてなしをしなければならないんでしょうか」

「おいミリィ落ち着け。吾輩の尻尾を握るんじゃない」

「はっ！　今のラストア村の名産といえばワイバーンの兜焼き。ならそれを召し上がっていただいて

「──」

狼狽する妹とは対象的に、姉のラナは何やら真剣な表情で顎に手をやっていた。

それに気付いたリドが怪訝な顔で問いかける。

「どうかしました？　ラナさん」

「いや……。ただ、リド君がこの村にやって来てから、本当に驚きの連続だなぁ、と」

その気持ちは分かると、その場にいたリド以外の人間が深く頷くのだった。

★
★
★

「り、りり、リドさん。どうしましょう。今日ですよ、ラクシャーナ王がいらっしゃるの」

「ミリィ、落ち着いて。バルガス公爵によればラクシャーナ王は気さくで親しみやすい人だっていう話だし、そんなに緊張しなくても」

右往左往するミリィが小動物のように可愛らしくて、リドは思わず苦笑しながらなだめていた。

バルガスが黒水晶の買い手を突き止め、その情報を持ってきたのが一昨日のこと。

その場でバルガスが告げたのは、国王ラクシャーナ・ヴァレンスがリドたちの住まうラストア村を訪問するという報《しら》せだった。

今はラクシャーナ王を出迎えるため、リドたちを始めラストア村の住人が中央広場に集まっている。

「でも、ミリィさんが緊張するのも分かりますわね。一国の王がこの村にやって来るというのですから」

「そうだね、エレナ。でも、僕たちは普段通りでいよう。話によるとラクシャーナ王は特別待遇みたいなものを好まない性格らしいし」

「はぁ……。逆に師匠がなんでそんなに落ち着いていられるのか分かりませんわ」

「そ、そうかな？」

「そうですわ」

ラクシャーナ王と言えば、言わずもがなこのヴァレンス王国の最高支配者である。

その人柄は友好的で、権力の上にあぐらをかかない立派な王だ、というのがバルガスの弁だった。

しかし、ミリィの頭の上にいたシルキーは、面白半分にからかい始める。

「くっくっく。失礼のないようにするんだぞ、ミリィよ。お前が何か粗相をしでかしたら、尻叩きの刑とかに処されちゃうかもだしなぁ」

「お、お尻をっ!?　そんな……、私のお尻なんて叩いても何も良いことないですよ!?」

「うむ。思った通りの反応で吾輩は満足だ」

昨日尻尾を強く握られた仕返しの意味もあったらしい。

自分の尻を押さえつけたミリィの様子を見て、シルキーは満足げに笑みを浮かべる。

「ガッハッハ。相変わらず賑やかだねえ、リド君の仲間たちは」

そんな光景を見て、バルガスもまた楽しそうに笑っていた。

そうして、暫く時間が経ち。

「お、あの馬車じゃないか?」

ミリィの頭の上にいたシルキーがぴこんと耳を立てる。

その視線の先、数台の馬車が村に入ってくるところだった。

「ラクシャーナ王。一体どのような方なのでしょうか……」

エレナが呟き、一同の視線が止まった真ん中の馬車に注《そそ》がれる。

その馬車は他のものよりも一際豪奢な装飾が施されており、そこにラクシャーナ王が乗っていることが窺えた。

皆が注目する中、従者に続いて一人の男が姿を現す。

整った顔立ちに茶の髪色。歳の見た目は三十代半ばといったところだろうか。開かれた双眸《そうぼう》は威厳を感じさせ、リドたちはこの人物こそがラクシャーナ王であると、ひと目見て判断する。

そして、ラクシャーナ王がラストアの地に足を踏み降ろし、最初に取った行動は――。

「うっぷ……。気持ち悪い……」

大地に跪《ひざまず》くことだった。

予想外の行動に一同はガクリと肩を落とし、シルキーなどはミリィの頭から滑り落ちそうになる。

どうやら、ラクシャーナ王は馬車酔いに見舞われたらしい。

ラクシャーナ王のことを知っていたバルガスは「相変わらずだな……」と頭を掻いていた。

「王よ。村の方々がこちらを見ております故、もう少し毅然《きぜん》とした態度を……」

「そうは言ってもだな、ガウス。これだけは慣れないんだよ………うぷ」

ガウスと呼ばれた初老の男性はラクシャーナ王の付き人だろう。

地面に両手をついた主の醜態を見て、額に手を当てながら呆れている。

「皆様、お待ちいただいていたようなのに申し訳ありません。王が回復するのに少々お時間をいただけますでしょうか」

「は、はい」

ガウスはリドたちのもとにやって来ると、とても申し訳なさそうに頭《こうべ》を垂れる。

どうしようかと対応に困っていると、リドはミリィに服の袖をちょんちょんと引っ張られた。

「リドさん。私の薬草の樹で採れた上級薬草なら、楽にしてあげられないでしょうか？」

「あ、そうだねミリィ。お願いできる？」

「はい！」

ミリィはすぐに教会で保管してあった上級薬草を持ってきて、それをガウスに差し出す。

「ガウスさん。もしよろしければこれを王様に」

「む、これは？」

「私のスキルで採れた薬草です。そのまま口に入れても効果がありますので。あの、もしご不安なら私が先に齧《かじ》ってみても……」

「ふむ。これだけ大きな薬草の葉は見たことがありませんな。そこまで仰られるようであれば問題ないかと思いますが。……ちょっと失礼いたします」

ガウスが薬草を受け取り、何事かを念じ始めた。あれは解析魔法のスキルだなとリドは思い当たる。

少しして、ガウスは驚きの表情を浮かべた。

「こ、これはなんと上質な薬草でしょう！　このような代物を鑑定したのは初めてです。これならばすぐに王も良くなるかと」

ガウスはミリィに一礼してから、今もまだ苦しそうに呻いているラクシャーナ王のもとへと向かっていった。

そして、ラクシャーナ王がガウスから受け取った薬草を言われるがままに齧る。

「おおっ！　何だコレ、凄ぇな！　一気に吐き気が治まったぞ！」

ミリィの薬草はすぐに効果を現したようだった。

すっかり回復した様子のラクシャーナ王は興奮しながらリドたちのもとへとやって来る。

「いやぁ、礼を言うぞ！　あの薬草は嬢ちゃんが栽培したものなんだってな。おかげで生まれ変わった気分だ」

「い、いえ、お役に立てて良かったです」

「しかし、あんな貴重そうな薬草を良かったのかい？　王都とかで売れば相当な値がつきそうなもんだが」

「あ、それはご心配なく。私のスキルでいくらでも採れるものなので」

「は？　いくらでも？　あれだけの薬草がか？」

「はい。あ、でも、私がそのようなスキルを使えるようになったのはリドさんのおかげで……」

ミリィはおずおずと答えつつ、リドの方へと視線を向けた。

ミリィの言葉を受けたラクシャーナ王は、リドの方に向き直って叫ぶ。

「おお、君がリド少年か！　バルガスから話は聞いているよ。いやぁ、規格外のスキル授与を行う神官がいるって聞いてきたんだが、話は本当だったみたいだな！」

「あ、ありがとうございます」

リドもまた、ミリィと同じくラクシャーナ王の勢いに押されて答える。

まるで少年のように純粋な賛辞を向けてくるラクシャーナ王は、予想していた王の姿とかけ離れたものだった。

が、それだけに発している言葉が真意なのだと伝わってきて、リドはどこかくすぐったい気持ちになる。

「どうやら、少なくとも尻叩きの刑に処されることはないようだな、ミリィ」

「は、はは……。本当ですね、シルちゃん」

「しかし、バルガスのおっちゃんと仲が良いっていうのも何となく分かる気がするぞ」

「それは……同感かも」

リドの肩をバンバンと叩きながら絶賛しているラクシャーナ王を見て、シルキーとミリィは互いに小さく頷き合っていた。

「よおバルガス、元気そうだな」

「ご無沙汰しております、ラクシャーナ王」

カナン村長に往訪の挨拶を終えたラクシャーナが再び戻ってくると、そこにいたバルガスの肩を叩く。

バルガスは巨体を深く折り、辞儀をもってそれに応じていた。

「何だよ。酒を呑んでいたときみたいにくだけた感じで接してくれても良いってのに」

「そういうわけにもいかんでしょう。今は王として来られているんですから」

公爵の地位にあるバルガスが頭を下げている光景に「へえ、本当に王様だったんだな」とシルキーが漏らし、リドやミリィにたしなめられる。

聞けばラクシャーナとバルガスはかつて酒を呑み交わす仲であったと言い、それは娘であるエレナも初耳とのことだった。

「さて、と。旧友とも話せたことだし——」

そう言ってラクシャーナはリドのもとへと近づいてくる。

「改めて、ラクシャーナ・ヴァレンスだ。よろしく頼むよリド少年。今日はこの村を見に来たのもあるが、君に会いに来たと言っても過言じゃないんだ」

「お目にかかれて光栄です。ですが、なぜラクシャーナ王が僕に？」

「何だ。バルガスから聞いていないのか？」

ラクシャーナが振り返ると、バルガスが悪戯っぽい笑みを浮かべながら肩をすくめていた。

「あいつめ……。まあいいや。実はな、今日は君にあるものを見せてもらいたいんだ」

「何をですか？」

「君の行う天授の儀を、さ」

ラクシャーナは後ろに控えていた兵を呼び寄せ、リドの前に立たせる。

「この者はまだスキルを授かっていなくてな。バルガスの奴から君のことは聞いている。もちろん無理にとは言わんが、リド少年さえ良ければ天授の儀をやってほしいんだよ」

「よろしくお願い致します！　かの有名なリド・ヘイワース神官にスキル授与をしていただけるのは恐悦至極に存じます！」

呼び寄せられた兵がリドに対して敬礼しながらそんなことを言っていた。

一体バルガス公爵は自分のことをどんな風に伝えたのかと、リドは恐々としながらも頷く。

「分かり、ました。僕で良ければやらせていただきます」

「よっし、じゃあ決まりだ」

ラクシャーナがパチンと指を鳴らし、リドたちは教会へと移動することにした。

そして――。

「し、神官様。これが、自分に授けられるスキルでございますか……？」

天授の儀を施された兵が信じられないものを見るといった様子で声を漏らす。

周囲にはいつもの如くスキルを示す神聖文字が多数並んでいて、その中には上級スキルである赤文字や、更にそれよりも上等な効果を持つ金文字のスキルも目にすることができた。

兵の希望を聞きながらスキルの説明をするリド。

それを遠巻きに見て、ラクシャーナは顎を手で擦りながら独り呟いた。

「凄えな……。こりゃあ予想以上だ」

★
★
★

天授の儀を終えた後で、ラクシャーナがリドに詰め寄っていた。

「いやぁ、凄えもんを見させてもらった！　いきなり来て無理を言ったってのに感謝するよ」

「い、いえ。僕は僕にできることをしただけですから。兵士の方も喜んでくださったようで何よりです」

「んー、その謙虚な姿勢も気に入った！」

興奮した様子でラクシャーナに肩を叩かれ、ただでさえ褒められることが得意でないリドはたじたじだった。

「ところで、さっきそっちの銀髪の嬢ちゃんもリド少年にスキルを授けてもらったって言ってたな。となると、この村の住人たちはみんな一級品のスキルが使えるってわけかい？」

「はい、リドさんが行う天授の儀はいつもあのような感じですから。今では村の人たちだけで日に五十頭のワイバーンを狩ることが日課になっているほどなんです。他にも生活環境が一変したっていう人が多くて」

「何それ、ヤバくない？」

「王よ。また言葉遣いが乱れておりますぞ」

ミリィの説明に目を見開いたラクシャーナが付き人のガウスに指摘されていた。しかし、ラクシャーナがリドを絶賛する声は止まらない。

「うんうん。こりゃあ村長さんが言ってた神の御業ってのも頷けるな」

「そんな……。恐れ多いことです」

「いやいや、本来スキル授与ってのは神から授かる一度きりのくじ引きみたいなもんだろ？　そこに複数のスキルを出現させるってだけで凄えのに、赤文字やそれ以上のスキルの中から選べるってんだ。まるで当たりを目で見て選ぶかのようにな。十分ヤバいだろ？」

もはやラクシャーナは乱れた言葉遣いを直す気もないようで、隣にいたガウスは額に手を当てて嘆息する。

つまり、リドの行った天授の儀が一国の王をも驚嘆させるほどに規格外だったということなのだが。

と、ラクシャーナは何かを決めたように真剣な表情になって頷く。

「なあ、ところでリド少年よ」

「……？　なんでしょうか？」

「君、《宮廷神官》になるつもりはないか？」

「「――っ!?」」

ラクシャーナの突然の提案に、その場にいた誰もが息を呑む。

宮廷神官とは国王に認められた者だけが就ける役職であり、その地位は王都神官よりも更に高いとされていたからだ。

王都教会の組織の中で作られた枢機卿や大司教などの役職とは異なり、研鑽《けんさん》を積んでいけばいつかなれるという職でもない。

多くの神官が憧れはするものの、あまりにかけ離れた地位であることから目標だと口にすることもはばかられる。

そんな地位に就かないかと、ラクシャーナはリドに対して言っているのだ。

「ラクシャーナ王、せっかくのお話ですがお断りさせてください」

しかしリドは、迷う間すらなくそのように告げた。

以前バルガスにも伝えたように、リドにとっては誰もが憧れる役職よりもラストアという土地の方が特別だったからだ。

「ガッハッハ！　ラクシャーナ王よ、だから無駄だと言ったじゃないですか」

「はぁ……。バルガスと同じくフラれてしまったな。まあ、話を聞く限り予想していたことだが」

勝ち誇ったように高笑いするバルガスと対象的に、ラクシャーナは肩を落としていた。まるで子供の児戯で勝ち負けが決したかのようである。どうやら事前に二人の内で何かしらの話が為されていたらしい。

「申し訳ありません。ラクシャーナ王からそのようなお話をいただけるのは本当に光栄なことなのですが……」

「いやなに、気にする必要はないよリド少年。君はこの村に並々ならぬ思い入れがあるというのはバルガスからも聞いていたことだしな」

「そ、そうなんですか？」

「ああ。しかしその心意気、ますます気に入った！　これはバルガスの奴が入れ込むのも分かるってもんだ。ハッハッハ！」

言って、ラクシャーナはバルガスと同じように笑い声を響かせていた。

「え？　それじゃあ、廃村命令の撤回もラクシャーナ王が動いてくれていたんですか？」

「おう。バルガスに言われてな。まったく、これだけの村を廃村にしようとしていたなんて、後で管理部の連中にはキツく言っておかないと」

リドがラクシャーナの前で天授の儀を行ってすぐ後のこと。

一同はラストア村の集会所へと場所を移し、皆で広い卓を囲っていた。

「いや、そもそも廃村を管理する部署が残っていること自体おかしいんだよな。先代より前の慣習とはいえ時代錯誤もいいとこだ。となれば王都に戻ったら――」

ラクシャーナは時折、従者のガウスにも声をかけながら考えを整理しているようだ。

王の地位を継いでから精力的に前世代の改革を進めてきた、というのがバルガスの話でもあったのだが、まさにそれを表している姿だった。

「うーん、しかし人手が足りんなぁ。あ、そうだリド少年よ」

「は、はい」

「宮廷神官の件は諦めるが、王都にもたまには顔を出してくれると王としてありがたい。ちょっとした出張みたいな感じでさ。君の天授の儀を受けることができる人間が増えれば、優秀な人材も確保できるだろうしな」

「分かりました。そういう形でお役に立てるのでしたら」

「すまんね。その分報酬は弾むからさ」

ラクシャーナはニカッと笑い、人差し指と親指で円を作ってみせる。行儀が悪いとガウスに指摘されるが、ラクシャーナに悪びれる様子はなかった。

そこへ紅茶を淹れたミリィがやって来てラクシャーナの前に差し出す。

「あの、ラクシャーナ王。こちらよろしければ、どうぞ」

「お、嬢ちゃんが淹れてくれたのか。ありがたくいただくぜ。……うん、旨いな！」

「そうですか。お口に合ったようで何よりです」

「うん、本当に旨いぞ。嬢ちゃん、良い嫁さんになれるな！　ハッハッハ！」

「お、お嫁さん……」

ラクシャーナが笑い声を響かせる一方で、ミリィはリドの方をちらりと見ながらモジモジし始める。

それを目ざとく見つけたシルキーがリドの膝の上で悪戯っぽい笑みを浮かべた。

「ミリィよ。今、何を想像したかはお前の名誉のために言わないでおいてやる」

「し、シルちゃん⁉」

「その代わり、おやつ解禁な」

狼狽え始めるミリィ。

しかし、そのやり取りを聞いて次に声を上げたのはラクシャーナだった。

「うおっ！　猫が喋った⁉」

ラクシャーナは思わず座っていた椅子ごと後ろへとひっくり返りそうになる。

咄嗟にガウスに支えられて事なきを得たが、ラクシャーナの興味はリドの膝上に鎮座していた黒い毛玉に向けられていた。

「リド少年、この村では猫が喋るのか？」

「い、いえ。そういうわけじゃないんですけど。シルキーはちょっと特殊というか……」

「そういえば、シルちゃんがなんで喋れるのかとか、聞いたことないですね」

「私も同じですわ。明らかに普通の猫じゃないのは分かりますが」

「ええと、それは話せば長くなるというか……」

ミリィとエレナも話に加わり、シルキーに皆の注目が向けられる。

「おいお前ら。吾輩のことを変わり者みたいに言うな。ちょっぴり傷つくだろうが」

「でもシルちゃん、普通の猫はお酒飲んだりしないんじゃ……」

「え、何？　シルキー君、酒まで呑めるの？　それなら今度一緒に呑もうぜ！」

「ふふん。吾輩は中々に強いぞ？　どこかの酒豪女ほどじゃないけどな」

「こら、シルキー。王様に向かって失礼だよ」

「ハハハ、良いってことよリド少年。猫に敬語使われるのも違和感あるしな」

一国の王がその場にいるとは思えないほど和気あいあいとした雰囲気が繰り広げられる。

そうして少し経った後、ガウスが申し訳なさそうに口を開いた。

「王よ。ご歓談中に恐縮ですが、そろそろ皆さんにあの話をしませんと」

「お、そうだな」

ラクシャーナはそこで一つ咳払いをして、姿勢を正す。

リドたちも何の話をされるのかと、ラクシャーナに視線を向けた。

「バルガス。アレ、持ってるんだろ？」

「はい。こちらに」

ラクシャーナに声をかけられ、バルガスが懐から取り出したのは黒水晶だ。

鈍い光を放っていて、禍々《まがまが》しいといった印象の鉱物。

既に毒性は取り除かれているものの、少し前にラストア村の住人たちを苦しめていた石でもある。

「この黒水晶について、古い文献を漁って分かったことが一つある。どうやら、これはモンスターの性質を変異させちまう代物らしい」

「モンスターの性質を？」

「ああ。バルガスからも聞いているが、数日前にリド少年たちはサリアナ大瀑布でギガントトードというモンスターを討伐したらしいな」

「は、はい……」

「それも恐らく黒水晶の影響だと思う。ギガントトードって言えば、数百年前のモンスター大発生が鎮圧されて以降、絶滅したって言われてるからな」

確かにそうだと、同じく過去の大発生事件のことを知っていたエレナが頷く。

「そこで、思ったんだよ。近頃、各地でモンスターが活発化したり珍しい種のモンスターが跋扈《ばっこ》しているのは君らも気付いていているだろ？　それってこの石のせいなんじゃないか、ってな」

「あ……」

リドはラクシャーナの言葉で思い返す。

ラストア村に来る途中で初めてミリィと会ったときのこと。

ミリィを襲っていたワイバーンの数は、街道付近で出くわすにしては異常に数が多かった。エレナの乗る馬車を襲撃していたブラックウルフの群れについても同じ。

いや、それ以前にリドがまだ王都にいてドラゴン狩りをしていた頃。普通では珍しい種であるはずのドラゴンが立て続けに出現していたことがそもそも異常だった。

それらが全て、黒水晶の原因だったのではないかと、ラクシャーナは言っていた。

「で、黒水晶を集めているのが誰だったかって話は既にバルガスから聞いているな？」

「はい。王都教会のドライド枢機卿だと」

「そうだ。もしドライド枢機卿がこれらの糸を裏で引いているというのなら、王家としても無視はできることじゃない」

「でもよ、王様。仮にドライド枢機卿が良からぬことを企てていたとして、証拠なんてないんだろ？」

「シルキー君の言う通り、そこなんだよなぁ……」

言って、ラクシャーナは頭を掻きむしる。

もしドライドが各地を回る遠征先で黒水晶を使っていたのだとしても、状況証拠しか出てこない。物的な証拠を突きつけられなければ糾弾しても取り逃すだろうと、シルキーの言いたいことはそういうことだ。

「そもそも、ドライド枢機卿の目的がイマイチ掴めないしな。モンスターを活性化させて王都教会、もしくはドライド枢機卿個人が得することって、何だよって話だし」

シルキーが続けて言って、確かにそうだと一同は沈黙する。

「何にせよ、この黒水晶の件は王家の方でも引き続き調査をしてみる。リド少年たちも何か分かったら教えてほしいんだ」

「はい。もちろん、協力させていただきます。神官としても、王都教会が関係しているのなら見過ごすことはできませんし」

リドはそう言って、ラクシャーナに向けて深く頷いた。

✦ ✦ ✦

一方その頃――。

ラストアに向かう街道にて、一人の男が馬車に揺られていた。

その男はきつく拳を握り、険しい表情を浮かべている。

「くっ……。この私がわざわざこんな辺境の地に赴くことになろうとは……。いや、しかし、何としてもリド・ヘイワースを連れ戻さなくてはならん。私が築いた地位を守るために！」

独りでそう呟いていたのは、ドライドからリドを王都教会に復帰させるよう命じられた人物——ゴルベール大司教だった。


「お客さーん。もう少しで着きますぜ」

「うむ……」

ラストアに向かう馬車の中で。

御者台から声をかけられたゴルベールは憂鬱だった。

左遷を命じたリドを、王都教会の信頼回復のために連れ戻さなくてはならなかったからだ。

そもそも、リドが素直に王都教会に戻るかは分からない。ゴルベールはそんな不安を打ち払うかのようにブンブンと首を振った。

「い、いや、何を弱気になっているのだ私は。奴も神官ゆえ、王都神官の職に返り咲けるのであれば喜んで承諾するはずだ。受け入れれば地位も名誉も手に入るのだからな」

自身を鼓舞するための呟きだったが、その考えは酷く的外れだった。

自分勝手な物差しで他人を推し量ろうとしても、確かな信念と価値観を持っている人間に対しては無駄であるということに、ゴルベールは未だ気付かない。

だからこそこのような状態に陥っているとも言えるのだが……。

「それにしても、近頃は王都からラストア村を訪れる人が多いねぇ。御者としては稼ぎになるからありがたい限りだ」

「そ、そうなのか？」

「ほら、あれだよ。話題の神官様に会えれば奇跡が見れるってやつさ。お客さんも神官みたいだし、彼の天授の儀を見て勉強しに来たんじゃないのかい？」

「……」

「いやぁ、実はね？　例の神官様がラストアに行くとき、馬車に乗せたの私なんですわ。今では女房や娘への自慢話になってて――」

ゴルベールにとって、馬車の御者の話は屈辱以外の何物でもなかった。自分が無能だと烙印を押した人間が辺境の土地で絶賛されていたのだから。

（くそっ、何故こんなことが起きる……！　リド・ヘイワースの奴を排除した私の判断が間違っていたとでもいうのか……!?）

その通り。決定的に間違っていたのだ。

しかし、ゴルベールは自分の非を認めない。いや、認めたくなかった。

向けどころのない憤慨を押し込め、ゴルベールはただきつく拳を握ることしかできない。

ふと、馬車の前方に目を向けたゴルベールは、あるものに気付いた。

「お、おい御者よ！　あれはワイバーンではないか！」

「ん？　ああ、そうみたいだな。最近この辺りにはよく出るんだ」

危険度ランクB級モンスターの出現にゴルベールが慌てふためき、一方で御者の声は落ち着き払っていた。

「何を悠長なことを言っとるんだ……！　すぐに引き返せ！」

「大丈夫大丈夫。いつもこの時間は彼らがいるからさ。この馬車にも退魔の魔法をかけてもらっているし」

「ええい、ワケの分からんことを！　もういい！　私は一人で逃げるぞ！」

「あ、お客さん！　馬車の外に出ちゃ危険だよ！」

制止する御者の声を無視して、ゴルベールは馬車の外へと降り立つ。

しかし、それが良くなかった。

ワイバーンはジロリとゴルベールを捉えると、凄まじい勢いで滑空してくる。

「ヒィイイイイッ――――！」

悲鳴を上げながら逃げ惑うゴルベール。馬車から離れて全力で駆けるが、ワイバーンは振り切れない。

獰猛《どうもう》なワイバーンが牙を剥き出しにしながら迫り、格好の獲物にありつこうと大口を開いた、そのときだった。

「どぉりゃっ！」

――バシュッ！

突如として現れた男が、手にしていた長剣でワイバーンの首を一刀両断したのだ。

ワイバーンは断末魔の叫びを上げることすらできず地に落ち、地響きを立てながらその屍《かばね》を晒《さら》す。

「あ、ああ……」

ゴルベールは生きた心地がしなかったのだろう。間一髪で助けられたことを知ると、ヘナヘナとその場にへたり込んだ。

そこへワイバーンを仕留めた男が近づき声をかける。

「おいおい、オッサン。大丈夫かよ？　馬車の中にいりゃあ安全だったってのに」

「た、助かったぞ……。礼を言う」

「ハッハッハ、良いってことよ！」

「しかしお主、あのワイバーンを一撃で屠《ほふ》るなど……。さぞかし名のある剣士と見受けるが？」

ゴルベールの言葉は本心から出たものだった。が、男は見当違いのことを言われたかのように眉をひそめる。

「名のある剣士ぃ？　俺はただの村人だよ」

「は……？　お主が普通の村人、だと？」

「俺がワイバーンを倒せるようになったのは天授の儀をやってもらったおかげだ。ある神官さんから**【剣神の加護】**ってスキルを授かったからな」

「そ、その『ある神官』というのは……まさか……」

「ん？　リド・ヘイワースさんっていう人だけど？」

「……っ」

ゴルベールは絶句した。

あの左遷以降、リドが行う天授の儀の噂は王都にいたゴルベールの耳にもそれとなく入ってきていた。

が、よもやただの村人がワイバーンを平気で狩るスキルを授与できるほどだとは、思ってもいなかったのだ。

（い、いや。いやいやいやいや。この村人に対して行った天授の儀がたまたま上手くいっただけなのかもしれん。それが会心の出来であったと考えれば……）

しかし、そんなゴルベールの思考はあっけなく覆されることになる。

「おーい」

「おう、お前ら。お疲れ」

「なぁっ……!?」

こちらに手を振りながら近づいてくる男たち。ゴルベールは目の前にいる男と同じ、ラストアの村人であると理解する。

その村人たちは巨大な台車を何台も引いていて、その上にはワイバーンの頭部が山盛りに積まれていたのだ。

「お、今日はけっこう多めだな」

「ああ。いつもより少し多いな」

（す、少し、だと⁉　一体どんなスキルを授かったらこれだけ大量のワイバーンを狩れるというのだ。それに、同じ村の住人ということはこの者たちにスキルを授けたのも……）

ゴルベールは言葉も出せずに、ただ目を見開いて驚愕していた。

そこへ村人たちの声がかかる。

「ん？　誰だ、このオッサンは？」

「ワイバーンに襲われてたところを助けたんだよ。……そういえばオッサン、見たところ神官みたいだが、リドさんの天授の儀でも見に来たのか？」

「い、いや……。私はリド・ヘイワース神官に王都へ戻ってくるよう伝えようと思って……」

「へぇ。リドさんに王都へ戻ってもらおうと、ねぇ。ってことは、オッサン、王都教会の人間かよ」

「おい、コイツあれじゃねえのか？　リドさんを左遷したっていう」

「っ！」

一人の村人の目つきが鋭いものへと変わり、ゴルベールの心臓が跳ね上がった。

しかし、すぐに別の村人が笑い声を上げる。

「ハハハハッ！　そんなわけあるかよ。自分で左遷しておいて戻ってきてくれとか、そんな恥知らずの奴、いるはずねえだろ。きっとこの人はリドさんの元同僚かなんかだよ」

「まあ、そうだな。もしそうならどの面下げて言うんだって話だしな」

「オッサン、すまねえな。コイツが失礼なことを言って。俺たち、あれだけ優しいリドさんを排除しようとしたゴルベールって大司教には、心底ムカついてるからよ。つい、な」

「は……、はは…………」

幸いにも村人たちは目の前の神官をゴルベールだとは認識しなかったらしい。これを幸いと言っていいのかは分からないが。

「ところでオッサン、名前は何て言うんだ？」

「ゴ……」

「ゴ？」

「い、いや、ゴーマンだ……」

「そっか、ゴーマンさんな。リドさんの真価を知ってて連れ戻そうとしてるなら、アンタ中々見る目あるんじゃねえか？」

否――。

見る目がなかったからこうなっているのだ。

「それじゃゴーマンさんよ。俺たちはもう少しこの先に行ってワイバーンを狩ってくるからよ」

「ほら、オレが退魔の魔法をかけてやるよ。村まではもう少しだし、これでモンスターにも襲われることはないから安心してくれ。俺たちの村に来る馬車にもかけてあるんだから、今度からは無闇に降りたりするなよな」

「そ、そんな上級の魔法を……。いや、よろしく頼む……」

ゴルベールが力なく頷くと、村人たちは次の狩りをするべく歩き出す。

「しっかし、この辺もモンスターが増えたよなぁ」

「まったくだ。リドさんから授かったスキルがなければ、絶対手に負えなかったぜ。ほんと、あの人が俺たちの村に来てくれて良かった」

「ああ。そう考えると、その点だけはゴルベールって奴に感謝しなくちゃいけないかもな」

「でも馬鹿だよなぁ。あれだけの人を自分の組織から追い出しちまうなんて」

「ハハハ！　違えねえ」

村人たちの会話も遠ざかり、ゴルベールはよろめきながら立ち上がる。そして、トボトボとラストア村へ向けて歩き出した。

胸の内を言いようのない感情が埋め尽くすも、それが怒りなのか、悔しさなのかはよく分からない。

ただ一言、惨めだった。

★
★
★

「それじゃあなリド少年、楽しかったぞ。近い内にまた会おう」

「はい。僕もラクシャーナ王とお話できて光栄でした」

リドたちとの話を終え、その後ラストア村の視察を行ったラクシャーナが王都に帰還する時間となった。

村の中央広場には防衛班や狩猟班以外の村人たちが集まっており、盛大な見送りが行われている。

ラクシャーナは、帰りの馬車で酔った時用の薬草をミリィから受け取ることも忘れない。

「王よ。そろそろ参りましょうか」

「うむ。他の者たちも感謝するよ。今度来たときにはぜひ酒を呑み交わそう」

従者のガウスに促され、ラクシャーナが馬車を置いてある小屋に向かおうとしたときだった。

「あれ……」

村の入り口に立っていた人物に、リドが声を漏らす。

そこにいたのはゴルベールだった。

豪奢な教会服はどこかくたびれており、ゴルベールはそれを引きずるようにして歩いてくる。

「げっ」

「なんでゴルベール大司教がここに……？」

シルキーが心底嫌そうな声を漏らし、リドもまた意外な来訪者に怪訝な表情を浮かべていた。

「あれがリドさんを左遷したっていう大司教さん？」

「うへぇ。あんまり見たくない顔ですわ……」

「あんの野郎、今更何をしに来やがったんだ？」

ミリィ、エレナ、バルガスも良い顔をせず、遠くにいるゴルベールの姿に視線を注ぐ。

そして、ゴルベールは人だかりの中にリドの姿を認めたらしい。

近くまでやって来ると、声を上げげた。

「お、おおっ！　リド・ヘイワースよ、元気にしておったか？」

若干引きつった顔で、ゴルベールはリドの肩を叩く。

大きな声で言ったのは、左遷した相手と相対する気まずさを振り払う意味もあったのだろうが、その場にいたリド以外の者たちは揃って眉間にシワを寄せていた。

——突然やって来てなんでコイツは偉そうなんだ？　と思ったのはシルキー。

——全く悪びれた様子もなく「元気か？」とは失礼な人だ、と思ったのはミリィ。

——気安く師匠の肩に触るな、と思ったのはエレナ。

それぞれが悪印象を持つが、ゴルベールはリドに意識を向けているためか気付く様子がない。

その傍ら、王であるラクシャーナは腕組みをしながら成り行きを見守っていた。

「ゴルベール大司教、どうしてラストア村に？」

「じ、実は貴様に素晴らしい話を持ってきたのだ」

「素晴らしい話？」

「うむ。聞いて喜べ。何と、貴様は王都神官に復帰できるのだ！」

「え……」

気の優しいリドは困惑した表情を浮かべるだけだった。

しかし、その周囲にいた者たちは一様に同じ怒りを沸騰させる。

——今更それか、と。

——謝罪もなしにそれか、と。

「実は、私からドライド枢機卿に掛け合ってな。リド・ヘイワースは辺境の村などにいる人物ではないと。そうして、この私自らが足を運んだというわけだ」

嘘八百。

ゴルベールの言葉には相手に対する誠意や謝意などはかけらもなく、自身がへりくだることなく済ませようという魂胆があった。

そして、金も地位も名誉も手に入る王都神官に復帰できる、という餌をチラつかせれば無反応ではいられないだろうと、そう決めつけて――。

「貴様は王都教会のために尽くすべき人材だ。貴様自身もこんなチンケな村にいるのは苦痛だろう。だから、私と一緒に王都へ――」

「お断りします」

「なっ……」

突然リドの目つきが変わったことにゴルベールは驚き、後退《あとずさ》りする。

ゴルベールの言葉は、怒りをあらわにすることが珍しいリドの、超えてはいけない一線を踏み越えるものだった。

「僕個人については何と言われようとも構いません。でも、ラストア村や村の人たちを馬鹿にするような物言いは許せません。お帰りください」

「何故だ！　私が遠路はるばる足を運んでやったというのに！」

自分が行動を起こしたから相手もそれに報いるべきだと。そういう価値観を抱えたゴルベールはひどく狼狽する。

ゴルベールの提案はこれまでバルガスやラクシャーナが提示した申し出とは明らかに違うものだった。

リドのことを考えてのものではなく、自分自身のためのもの。そして、自分が上職であるドライドから罰を受けないようにするためという、あくまで保身のためのものなのだ。

そんなものにリドがなびくわけはなかった。

しかし、ゴルベールは自身の思い通りに事が進まない状況に苛立ち、引き下がろうとしない。

「王都神官に復帰したとなれば、金も地位も名誉も手に入るのだぞ！　そういう機会をみすみす手放すつもり――」

「分かってねぇなぁ」

冷たく、しかしはっきりとした言葉がゴルベールの背後からかかる。

ゴルベールの愚言に口を挟んだのは、それまで黙していたラクシャーナだった。

「王都神官に復帰したとなれば地位も名誉も金も手に入る？　リド少年はアンタみたいに低俗な価値観は持ってねえってことに、何故気付かない？」

「な、何だお前は！　外野は黙っておれ！」

ゴルベールは虚仮にされたとでも思ったのだろう。

声をかけてきた人物が一体誰なのか考える余裕すらなく、ただ王都教会の大司教である自分に無礼な口を利いた部外者であると断定する。

ゴルベールが悠然と構えていたラクシャーナに掴みかかろうとしたところで、従者のガウスが腰に携えていた剣を抜き放った。

「貴様、王に対して不敬は許さんぞ」

「なッ……!?」

剣の切っ先を喉元に突きつけられ、ゴルベールの動きがピタリと止まる。

本能的な反射行動から遅れて、ゴルベールは今しがたガウスが言い放った言葉を理解しようとした。

（おう？　オウ？　…………王？）

脳内でガウスの言葉を処理し終え、ラクシャーナの胸に付けられた王家の紋章に気付くと、ゴルベールの手足は震えだす。顔からは血の気が引き、文字通り青ざめた表情へと変わる。

そして、ゴルベールはその場に尻もちをつきながら呟いた。

「そ、そんな……。まさか……本当にラクシャーナ王……？」

すぐにゴルベールは膝をつき、平伏の姿勢を取る。

「も、申し訳ございませんっ！　まさか王がこのような村にいらしているとは露知らず……」

「何だお前、相手によって自分の態度を変えるのか？　さっきまではあんなに偉そうに振る舞っていたじゃないか」

「い、いえいえいえっ！　滅相もございません！　私はただ、リド・ヘイワースにとっても明るい話だと思って勧めていたまでで――」

「あー、そういうのいいから。それよりもアンタ。リド少年を連れ戻そうと必死になるのは勝手だがよ、何故その前に自分の行ったことについて言及しない？　そもそもリド少年を理不尽に追い出したのはアンタだろう？」

「そ、それは……」

「自分の行いについては省みず相手に求めるばかりって、そりゃあ通らんだろ。それとも、それが大司教様の理念ってわけかい？　ハッ。随分と崇高な理念だな。聖職者が聞いて呆れるぜ」

「……」

「アンタの所業については色々と聞いている。バルガスやバルガスんとこの嬢ちゃんからもな」

ゴルベールは、そこで初めてバルガスやエレナの姿に気付いたようだった。

自分のしてきた行いが権力者の間で共有されていると知り、ゴルベールは弁明することすらできない。

「あの王様、言うときは言うなぁ」

「良くないかもですけど、ちょっとスッキリしちゃいました」

「別に良いと思いますわよ、ミリィさん。私も正直同じ気持ちですし。正直一度ぶっ飛ばしてやるくらいでちょうど良いと思いますわ」

「エレナちゃんよ、もうちょい丁寧な言葉を使ってくれるとお父さん嬉しいぞ。気持ちは分かるが」

「ま、散々吾輩の相棒を虐げてきた罰だ。これが因果応援ってやつだな」

「……シルちゃん。それたぶん因果応報、ですね」

シルキーとミリィ、エレナにバルガスがそんなやり取りを交わし、頭を擦り付けて平伏するゴルベールを遠巻きに見つめる。

「この痴れ者が。俺がもう少し若ければリド少年の代わりに一発ぶん殴ってるところだ」

「う……」

「アンタが何故ラストア村にやって来て、リド少年を連れ戻そうとしているかは大方の予想がつくんだがな。それはまあいいや」

許してもらえるのだろうかと、ゴルベールが僅かな期待を胸に顔を上げる。

しかし今、ラクシャーナにとってはゴルベールの更生などどうでも良い。この期に及んでも自身の行いを恥じるのではなく、ただ穏便に事が過ぎ去ることを願うその姿勢に、心底軽蔑はしていたが。

それよりも他に重要なことがあると、ラクシャーナは後ろにいたカナン村長と一言二言交わし、続けて配下の者たちに声をかけた。

「おう、お前ら。王都に帰還するのは後回しだ。村長さんからも承諾を貰ったから、今日はこのラストアに残るぞ」

ガウスがラクシャーナの思惑を察して敬礼すると、他の兵たちもそれに倣《なら》う。

「あの、ラクシャーナ王。一体何を？」

「ああ。リド少年も同席してほしいんだがな」

ラクシャーナはそこで言葉を切って、膝をついているゴルベールに再び視線を向けた。

そして――。

「さて、楽しい楽しいお話し合いの時間だ」

ラクシャーナはニヤリと笑って呟いたのだった。

★
★
★

「ら、ラクシャーナ王よ！　一体何を……」

「そんなに構えるなって。別に痛めつけようってんじゃないんだから」

　ラストア村の一角。

　木造りの納屋にゴルベールの懇願するような叫びが響き渡っていた。

　ガウスら王の配下に連れてこられたゴルベールは、拷問でもされるのではないかと恐れおののいていたが、もちろんラクシャーナにそんなつもりはない。

　しかしあえて、ラクシャーナはゴルベールに向けて脅すような笑みを向けた。

「そうだなぁ。アンタの対応次第では尻を鞭《むち》で叩くくらいのことはしちゃうかもなぁ」

「ヒッ……！」

　兵に腕を捕らえられたまま、短く悲鳴を上げるゴルベール。

　そしてラクシャーナの言葉から想像してしまったのか、後ろで聞いていたミリィが咄嗟に自分の尻を手で覆う。

「いや、ミリィさんのお尻が叩かれるわけじゃないんですから」

「あ、つい……」

　エレナに指摘されてミリィは照れくさそうに手を離し、隣にいたリドが苦笑を浮かべていた。

「で、だ。王都教会の大司教を務めるアンタにはいくつか質問があってな」

「し、質問……？」

「ああ。アンタら王都教会のトップ、ドライド枢機卿についてだ」

「え……」

ゴルベールにとってここで出されるのは意外な人物の名前だった。

それもそのはず。ゴルベールはリドたちが黒水晶の買い手がドライドであることを突き止め、その真相を解明しようとしていることを知らなかったからだ。

「まず、アンタはさっきリド少年の復帰に関してドライド枢機卿に掛け合ったと言っていたな。つまりドライド枢機卿は今、王都教会にいるってことだな」

「そ、それは……」

「どうした？　答えてくれなきゃ話は進まんぜ？」

ゴルベールはふとドライドの顔を思い浮かべ、焼きごてを押し付けられたときの背中の傷が疼くのを感じた。

まるで話すことで良からぬ結果を招くと、ゴルベールの中の何かが警鐘を鳴らしているようだった。

「いえ、ドライド枢機卿の居場所について、私は知りませぬ……」

結果、ゴルベールはしらを切ることを決める。

ドライドについて正直に話すことの方が命の危険に晒される可能性が高いと判断したのだ。

ゴルベールの様子にラクシャーナは嘆息しつつ、思考を巡らせる。無理矢理にでも聞き出す方法はあるが、できればそれは一国の王として実行に移したくない手段だった。

「下衆に手心を加える必要などないか、いやでも少年少女たちの前だしな……」と悩むラクシャーナの傍ら、リドがあることに思い当たる。

「あ――」

そういえばこういうときに適した神器があった、と。

人の心を覗き見るようで、普段なら使用することを考えもしない神器であったが、ドライドの暗躍が多くの人の危険に繋がる可能性もある。

リドはそんな考えから、腕に抱えていたシルキーを降ろした。

「シルキー、ちょっとごめんね」

「ん？　……ああ、あの神器を使うのか相棒」

リドは腕を前に突き出し、そして「神器召喚」と口に出す。

すると、その手には金色に輝く天秤が握られていた。一見すると両替商が用いる測量器のようでもあったが、その天秤は独特の輝きを放っている。

「おお。リド少年、それは？」

「僕が扱う神器の一つです。といっても、普段は使わないんですけど」

リドがゴルベールの前に立つと、ラクシャーナをはじめ、その場にいる皆が何をするのかと見守る。

「ゴルベール大司教。嘘偽りなく答えてください。ドライド枢機卿は今、王都にいるんですね？」

「だから、それは知らないと言って――」

——ふらり、と。

ゴルベールが返答した瞬間、リドの手に握られた天秤が僅かに右の方へと傾く。

「嘘——、ですね」

「な、何だと!? 一体何を根拠に……」

「この《ライブラの魔秤《まびん》》が右に動いたからです。この天秤は、真実を語れば僕から見て左に、嘘を語れば右に振れる神器なんです」

「ハ、ハハ……。そんなもの、何の証明にも……」

「そうですね。でも、僕の言うことが信じられなくても『それ』には気を付けてください。自分の語る内容が嘘かどうか、一番よく知っているのは貴方自身のはずですから」

言って、リドは空いた方の手でゴルベールの足元を指差す。

「な、な………」

自分の足元を見て、ゴルベールは絶句する。

そこには、黒い影がまとわりついていたのだ。

影はウネウネと動く黒い蚯蚓《みみず》のようであり、ゴルベールの足首あたりを這《は》っている。

この世のものとは思えない不気味さを感じゴルベールは足で踏み潰そうとするが、その得体の知れない影は潰れる様子も離れる様子もない。

「な、何なのだこれは！ リド・ヘイワース！ 一体何をしたのだ！」

「この天秤にはもう一つ効果があるんです」

「効果、だと？」

「はい。嘘を語り、秤《はかり》が右に傾くにつれて、その黒い影が侵食していきます。物理的な害こそありませんが、もし右に傾き切ると黒い影は一生離れなくなります」

「は……？　このおぞましい影が一生、だと……？」

想像してしまった恐ろしい光景に、ゴルベールは固唾を呑み込む。

最悪なことに、この影には実体がある。

だからこそ、蚯蚓《みみず》に自身の体を這い回られるかのような感触があり、ゴルベールにとってそれは恐怖でしかなかった。虫に体を這い回られて平気な人間などいないのだ。

もしこの影が一生まとわりつくことになれば、睡眠を取ることすら許されなくなるのではないかと、日常が地獄と化すのではないかと、ゴルベールは身の毛がよだつ思いだった。

「僕は本当のことが知りたいだけなんです。真実を語ってくれれば《ライブラの魔秤》は何の効果も発揮しませんから。……ドライド枢機卿は今、王都にいるんですよね？」

「そ、そんなことはない……」

――ふらり。

ライブラの魔秤が右に振れる。

それに伴いゴルベールの足元を這う影が数を増し、腰の辺りまで覆い尽くした。

「がぁっ――！」

影の一部は背中にも及び、ドライドに焼印を付けられた箇所――正確にはまだ完治していない火傷の痕を擦られ、ゴルベールは短く絶叫する。

幾千の黒い虫のような影に覆われゴルベールはもがくが、逃れることはできなかった。

「お願いします、ゴルベール大司教。——ドライド枢機卿は、王都にいますか？」

「そ、そ、そうだっ……！　あのお方は今、遠征から王都教会に戻ってきている！」

ゴルベールが叫び声を上げると、右に傾いていたライブラの魔秤が少しだけ元の位置へと戻る。

「続けてお尋ねします。ゴルベール大司教がここにやって来たのはドライド枢機卿の命令を受けたからですか？」

「……ああ。その通りだ」

ライブラの魔秤は左へ——。

「それは何故ですか？」

「き、貴様が戻ってくれば、王都教会の信頼を取り戻すことができるとあの方は考えたからだ！」

左へ——。

「ドライド枢機卿が黒水晶を集めて何をしようとしているか、そのことはご存知ですか？」

「そ、そうなのか？　そもそもドライド枢機卿が黒水晶を集めているなど、聞いたことがない」

左へ——。

「ゴルベール大司教は今回のドライド枢機卿の遠征の目的を知っていますか？」

「それも知らんっ！　本当だ！　ただ、どの地を巡っていたかは聞いている！」

「それはどこですか？」

ゴルベールは狼狽しながらも、ドライドが巡っていた土地の名前を並べ立てた。

左へ——。

その後もリドは質問し続け、そしてゴルベールは自身が知り得る情報を吐き出していく。

リドが質問をする過程で、黒水晶を採掘していたエーブ辺境伯から個人的な献金を受け取っていたこと、天授の儀に優秀な神官を派遣させる見返りに法外な金銭を要求していたことを認めたりと、ゴルベールは自分の行ってきた悪事の全てを自白することになった。

「あ、あぁ……」

「やれやれ。アンタ、俺のいる王都にいながら随分と好き勝手してくれたらしいな」

「う、ぁ……」

「はぁ、届いちゃいないか。……おいガウス。王都に戻ったらこの大司教様の処分を正式に決めるから、そのつもりでいてくれ。もちろん連行の準備もな」

「はっ。御意に」

憔悴しきって目線の定まらないゴルベールに、ラクシャーナの容赦ない言葉が浴びせられる。

かつてない恐怖と苦痛を味わったためかゴルベールの震えは止まらず、足元には何か……水溜まりができていた。

「出揃った情報を元に吟味もしたいところだが、それはそれとして……」

ラクシャーナは呟きつつ、リドの方に向き直る。

「それにしてもリド少年よ。つくづく君という奴は規格外だな」

「い、いえ……」

★★★

夜――。

ラストア村の外れに仮設の野営地が作られ、その場所でリドたちは先程ゴルベールから入手した情報の精査を行っていた。

設置された卓を取り囲むようにしてラクシャーナ、リド、ミリィ、エレナ、バルガスと並び、王の横に控えるようにして従者のガウス、そしてシルキーはリドの膝上といういつもの位置に鎮座している。

「さて、リド少年のおかげでゴルベールから色々と聞き出せたわけだが……」

「けどよ王様。結局あのクソ司教は黒水晶の用途について知らないようだったぜ。ドライド枢機卿の奴が王都にいるってのは分かったが、これじゃ前と変わらないんじゃねえのか?」

「ああ。しかし、分かったこともあるぞ」

「と言うと?」

シルキーの言葉に頷き、ラクシャーナはガウスにヴァレンス王国全土の地図を用意させた。

卓上にその地図が広げられると、皆が覗き込むようにして身を乗り出す。

「さっき、リド君が神器を使って尋問したときにゴルベールが言っていただろう。ドライド枢機卿の遠征の目的は知らないが、どこを巡っていたかは把握しているとな」

「ええ、確かに。でもラクシャーナ王、それが何か？」

リドの言葉を受けてラクシャーナが地図上に印を付けていく。

「うーん……。随分とバラけてますわね」

「どこか一つの場所に目的があって向かっていたわけではない、ということなんでしょうか？」

エレナとミリィが呟いて考え込むが、やはりその真意までは分からない。

と、顎に手をやっていたバルガスが何かに気付いたようだった。

「まさか、これは……」

「なんですの？　お父様」

「ああ。ラクシャーナ王が印を付けた場所、最近モンスターの発生が活発化している地域ばかりなんだよ」

「それって……」

バルガスとエレナのやり取りに皆が反応し、ラクシャーナが頷く。

「そう。黒水晶を集めていたドライド枢機卿の行く先々でモンスターの異常発生が起こっているってことだ」

「となると王様が前に言ってた通り、最近のモンスターの活発化についてドライド枢機卿の野郎が糸を引いている可能性がより高まったってことだな。というか濃厚って言ってもいいくらいか？」

「もちろん確証はないがな、シルキー君。だが、偶然の一致と言うには出来すぎている」

モンスターを発生させてドライドに何か利点があるのかは分からない。それは尋問したゴルベールも知り得ていなかったことだ。

しかし目的は別として、このままドライドを放置することは危険であると、その場にいた誰もが感じていた。

「いずれにせよ、俺は一度王都に戻らにゃいかん。そこで王都教会……いや、ドライド枢機卿のことをより詳しく洗ってみるつもりだ」

「とはいっても王一人じゃ大変でしょう。もちろん自分も協力させてもらいますよ。それなりに色んな所の情報網はあるんでね」

「ああ。バルガス、恩に着る」

互いに頷き合うラクシャーナとバルガス。

それに続いて次に声を発したのはリドだった。

「ラクシャーナ王。僕に考えがあるんですが」

「考え？」

「僕が王都教会に行くんです。そうすれば、ドライド枢機卿の目的や保管している黒水晶の在り処が分かるかもしれません」

「それは、ゴルベールに従ったフリをして王都教会に戻るってことか？　しかし、それだとゴルベールと一緒に王都教会に戻らなければ不自然だろうし、ドライド枢機卿を目の前にしたゴルベールが寝返る可能性だってあるぞ」

「はい。ですので、分からないように潜入します」

リドの言葉を聞いて、ミリィとシルキーがその思惑を察する。

「あ……。リドさんの神器、《アルスルの外套》を使えば……」

「あー、確かにな。アレを使えば姿を見られずに潜入することができる、か」

鉱山都市ドーウェルの領主館に潜入した際に使用した神器。

姿を隠すことができるというその効果をもってすれば、リドの言っていることは実行可能だ。いや、リドにしかできない役目とも言える。

リドが神器の効果を掻い摘んで説明し、ラクシャーナは神妙な面持ちで腕を組んだ。

「しかし、それにしても危険はゼロじゃないぞ、リド少年。予想外のことが起きればドライド枢機卿と直接対峙する可能性だってある」

「それは百も承知です。でも、王都教会のトップが関わっているとなれば、僕にとっても無関係じゃない。それに、モンスターの異常発生に苦しむ人たちを見過ごすわけにはいきません」

「……分かったよ。リド少年の強さは折り紙付きだし、言っても聞かなそうだしな」

「ふふん。吾輩の相棒は一度決めたら頑固だからな」

ラクシャーナが折れたのを見て、シルキーが実に楽しげな声を漏らす。

それに続いて、ミリィが決意表明するかのごとく立ち上がって言った。

「リドさん、私もご一緒します！」

「ミリィ、良いの？」

「はい。事情を知って、村で待っているなんてできません。それに、リドさんのお役に立ちたいですから」

「もちろん私も付いていきますわ。師匠のためならたとえ火の中水の中、ですわ」

「……ありがとう。二人がいてくれると心強いよ」

「まあ、といってもリド一人でどうにかしちゃうかもだけどな。くっくっく」

「もう、シルキーさんってば。こういうときは水を差すんじゃありませんわ」

三人と一匹が交わすやり取りを見て、ラクシャーナとバルガスは互いに笑みをこぼす。

リドたちは気付かなかったが、その姿には少年と少女たちに対する感謝と期待の念が込められていた。

そうして、各自がドライドの動向を探るべく王都に向かうことが決まり、ラクシャーナは皆に告げる。

「よし、それじゃあやることは決まったな。俺とバルガスは王宮に戻り情報収集、リド少年たちは王都教会に潜入だ」

「「「はい」」」

「しかしリド少年の神器があるとはいえ、くれぐれも無茶をするんじゃないぞ。危険だと思ったらすぐに撤退してくれ」

ラクシャーナの言葉にリドたちが頷く。

そしてラクシャーナは自身の胸に手をかざし、はっきりとした口調で告げた。

「今回の一件はヴァレンス王国全体に影響しかねない問題だ。共に立ち向かおうとする皆に、最大限の尊敬と、感謝を――」

★
★
★

「それではラナさん、行ってきます」

「ああ、リド君。ミリィのこと、よろしく頼んだぞ」

翌朝――。

ラストア村の中央広場には人だかりができていた。

ミリィの姉であるラナやカナン村長をはじめとして、早朝にもかかわらず村の住人全員が集まっている。

「リドさん、気を付けてな。みんなが帰ってくるのを宴の準備しながら待ってるぜ！」

「村のことは任せてくれ。リドさんから授かったスキルでモンスター一匹、村には近寄らせねえからよ！」

「リドお兄ちゃん！　これ、村のみんなで作ったお守り、持っていって！　シルキーちゃんには干し魚のおやつね！」

村の住人たちは王都グランデルに出発するリドたちを見送ろうと、それぞれが思い思いの言葉をかけていた。

リドは胸が熱くなるのを感じ、皆で無事に戻ろうと改めて心に誓う。

「しかし、相棒よ。本当に《ソロモンの絨毯》で行くのか？　王様がせっかく馬車で来てるんだから一緒に乗せていってもらった方が楽だぞ……」

「シルちゃん、昨日決めましたよね。ラクシャーナ王と一緒に行くと目立っちゃうから私たちは別働隊として王都に行くって」

「たぶんシルキーさんはあの高速絨毯がトラウマになっているだけですわ、ミリィさん。とはいえ、私も今から心臓ばっくばくですが」

「ごめんねシルキー、エレナ。でもゴルベール大司教がラストア村に来てから時間が経ちすぎると、ドライド枢機卿に勘ぐられる可能性もあるから」

エレナとシルキーをなだめるリドの近くには、ソロモンの絨毯がふわふわと浮いていた。

昨日の尋問の際に得た情報によれば、ドライドはゴルベールがラストア村に向かったことを把握している。つまり、ゴルベールが中々戻ってこないということになれば、ドライドが何かしらの疑念を持ってもおかしくない。

そう考えたリドは、馬車よりも速く移動できるソロモンの絨毯で王都に向かうことを決めていた。これなら一日もあれば王都グランデルの近郊まで辿り着くことができるだろう。

もっとも、ソロモンの絨毯での移動にトラウマのあったシルキーとエレナの顔は出発する前から真っ青ではあったが。

と、それまで出発の挨拶を邪魔しないようにと見守っていたラクシャーナとバルガスがリドに声をかけてきた。

「さて、リド少年。俺たちは馬車で王都に向かうからな」

「はい。僕たちはそのまま王都教会に潜入を試みます。恐らく、明日が決行日になるかと」

「ああ。……それとな、あの大司教のことは俺たちに任せてくれ。きっちり落とし前は付けさせるからよ。と言っても、昨日の一件がかなりこたえたみたいで放心状態だが」

ラクシャーナに言われてリドが見やると、ゴルベールが兵たちに連行されていくところだった。

尋問の影響もあっただろうが、自身の行ってきた悪事が他ならぬ王の前で露見したことが大きかったのだろう。

目は虚ろで、兵たちに半ば引きずられるようにして歩いている。村の住人たちに歓声を浴びせられるリドとはひどく対照的だ。

「思えば、ゴルベール大司教に左遷されたことが始まりだったんだよね……」

今呟いたように、リドがラストア村にやって来て、多くの人間たちと繋がりを持つようになったきっかけは例の左遷事件だった。

恐らく王都教会の一件に区切りが付けば、ゴルベールはラクシャーナ王から何かしらの処分が言い渡されることになるだろう。ゴルベールがあれだけ固執していた地位も名誉も、全てを失うことは明らかだ。

馬車に乗せられる前、ゴルベールの視線が少しだけリドの方を向く。

「……」

その目に浮かぶのは後悔か、悲哀か、それとも別の何かか。
分からなかったが、リドは少しだけ昔に思いを馳せる。
隣にいたミリィはそんなリドの姿を見て、きゅっと自分の袖を握っていた。
「因果応報ってやつさ」
リドの腕の中でシルキーが呟く。
今度は、言い間違えていなかった。

五章　伝説の神官

「どうかなさいましたか？　ドライド様」

王都教会の一室にて。

窓辺に立っていたドライドに対し、秘書のユーリアが声をかける。

ユーリアが声をかけたのはドライドが僅かに眉をひそめたからだったが、それは長年仕えた彼女でなければ気付かないほどの変化だっただろう。

「どうやら、ゴルベール大司教にかけていた『制約』が解けたらしいね」

「制約……というと、あの豚がラストアへ出立する前にドライド様が付けた焼印のことですか？」

「ああ。ゴルベール大司教が私に関する情報を他者に話そうとした場合、それをさせないようにするためのものだったんだけどね」

ドライドは笑みを浮かべたままで淡々と語る。

「制約が解除されるほどの何かがあったんだろう。恐らく、リド・ヘイワース神官が関わっているんじゃないかな」

「そんな……。ドライド様の課した制約を打ち破るなんて……」

「今更連れ戻そうとしているのが何故なのか、もしくは別の何かを知りたいとでも思ったのか。リド・ヘイワース神官は私の制約以上に強制力が働くことをしたんだろうね。それが何かまでは分からないが」

「あのゴミめ。豚の分際でドライド様に迷惑をかけるとは」

ユーリアの辛辣な言葉にも表情は変えず、ドライドは椅子に腰掛ける。

その態度は悠然としていて、焦りなどはないように見えた。

「まあ、案ずることはない。ゴルベール大司教に今回の計画について重要なことは話していないからさ」

「それは……、分かっています。そうでなければ奴もエーブ辺境伯から賄賂など受け取ろうとしないでしょうからね」

「フフ。心配しなくて良いよユーリア。私の今回の計画について知っているのは君だけだ」

「……」

ドライドの言葉は特別視していることを強調するものだったが、ユーリアは黙して何かを考え込んでいる。

「どうしたんだい？　ユーリア」

「ドライド様。もし私から情報が漏れることを危惧《きぐ》されるようでしたら、この場で私の喉を潰してください。そうすれば今回の計画もより確実なものとなるはずです」

「やれやれ。君はいつも考え方が極端だね」

「いえ、これが私の忠義ですから」

迷うことなく言ったその言葉はユーリアのドライドに対する想いの強さを表していた。

自分自身よりもドライドのことに重きを置くその思考は、忠誠心というよりも崇拝に近いものかもしれない。

「そこまでする必要はないよ。第一、部下の可憐な声が聞けなくなるのは悲しいからね」

「そ、それは……。恐悦至極に存じます」

「ところで任せていた件の進捗状況はどうだい？」

「ええ。順調に進んでいます。黒水晶についてもおおよそ半分ほどは所定の位置へと配置完了しました。この分なら、数日の内にドライド様の公表計画も実行に移せるかと」

「そうか。それなら心配はいらないね」

ドライドは言って、椅子に背を預ける。

そしてふと、遠くを見るような目で呟いた。

「しかし、リド・ヘイワース神官か……。もう一度会ってみたいものだけどね」

「……？　それは何故ですか？」

問いかけたユーリアに、ドライドは少しだけ声を低くして言った。

「ユーリアは、なぜ私たち神官が天授の儀を行うことができるのか考えたことはあるかい？」

「……いえ。そういうものだと認識しておりましたので、特に考えたことは……」

「神官が天授の儀を行える、というより、天授の儀を行うことのできる者が神官となる、と言った方が正しいのかもしれないけどね。――では、なぜ天授の儀を行える者とそうでない者に分けられるのか。つまるところ、神官とそうでない者の違いは何なのか」

「それは……。多くの歴史学者が考察した結果、今日《こんにち》に至るまで共通項を見つけることができていないと言われていますが……」

ユーリアの言う通り、ドライドの言った内容についてはこの世界の謎とされている。

何故人間がスキルを使うことができるのか。スキルを授けることができる神官は、何故そのような行為が可能なのか。

リドのように若くしてそれが可能になる者もいたし、年老いてからある日突然、天授の儀を行えるようになる者もいる。

その原因は何なのかというドライドの問いに、ユーリアは明確な答えを出すことができずにいた。

「他の神官とは異なった天授の儀を行うリド・ヘイワース神官に会えば、あるいは何か見えてくるのかもしれないと思ってね」

「なるほど……」

「まあ、単なる与太話《よたばなし》だ。忘れてくれ」

「……」

「それよりも今は計画のことだ」

ドライドは気を取り直すかのように座り直し、話を切り替えることにした。

「ゴルベール大司教を通じて私が王都教会にいることが分かったと仮定しよう。もしかするとリド・ヘイワース神官の方から私の所へやって来るかもしれない」

「それは、リド・ヘイワース神官が計画を察して邪魔立てをしてくるかもしれないということですか？」

「リド・ヘイワース神官がどこまで黒水晶のことや私のことを突き止めているか分からないが。もしかしたら単にゴルベール大司教を遣《つか》わした意図が知りたくて来るだけかもしれない」

「……」

「ただ、だからこそ動きが読めない。彼の介入によって計画に支障をきたしてはいけないからね。不確定要素なら注意しておくことに越したことはない」

「分かりました。それでは念の為、手は打っておきます」

「うん。頼んだよ」

ユーリアに向けて頷き、ドライドは再び窓辺の方へと歩き出した。

空には月が浮かんでいて、満月に近い。

それはまるで、ドライドの計画の実行までがあと僅かであることを告げているかのようだった。

★★★

「よし。じゃあ今日はここで休もうか」

リドたちはラストア村からソロモンの絨毯に乗り、夕方には王都グランデル近郊の湖畔へと到着していた。

陽も沈んできたため、これ以上の飛行移動は危険だろうということ。

そして、王都内で宿を取るのは教会の人間に見つかる可能性があるという理由から、リドたちはこの湖畔で一晩を明かすことに決めた。

「エレナさん、大丈夫ですか？　シルちゃんも」

「だ、大丈夫ますことですわ……」

「ふふふ……。魚がたくさんだぁ……」

「うん。二人とも全然大丈夫じゃないですね。言葉遣いがヘンです」

再び高所高速移動を経験したエレナとシルキーはヘトヘトに疲れきっているようだ。

ミリィの指摘した通り、話す言葉もいつもとは異なる上、シルキーに至っては寝言のような言葉を繰り返している。

「ごめんね二人とも。少し急ぎすぎたかもしれない」

「いえ、大丈夫ですわ師匠。どちらにせよ苦しむならその時間が少ない方が良いですし……」

ミリィが持ってきていた上級薬草を受け取り、エレナとシルキーは即座に飲み干す。

その効果もあってか二人の体調はすぐに回復したようだ。

「それじゃ、休む場所を作ろうか。ミリィ、お願いできる？」

「はい。お任せくださいリドさん」

ちょうど湖畔の近くに大樹があるのを見つけ、ミリィはその樹に手をかざした。

ミリィのスキル――【植物王の加護】によって、大樹の一部がまるで童話に出てくるエルフの隠れ家のように変形する。

「うむ、ご苦労。やるではないか、むっつりシスター」

「シルちゃん、すっかり元通りですね……」

薬草の効果で回復したシルキーが、いつものように偉そうな態度で呟いていた。

★
★
★

夜になって――。

リドが見張りを買って出て、大樹の家の中ではミリィとエレナが横になっていたところ。

ミリィが体を起こし、辺りをキョロキョロと見回す。

「眠れませんの？　ミリィさん」

「……あ、ごめんなさいエレナさん。起こしちゃいましたか？」

「いえいえ。寝付けないのは分かりますわ。私も同じですもの」

「明日、ですね。ドライド枢機卿がいる王都教会に潜入するのは」

「ラクシャーナ王が仰っていたように、ヴァレンス王国全体に関わる問題ですからね。緊張するのも無理はありませんわ」

エレナの言葉にミリィは少しだけ安堵する。

一人ではないと、そう言われた気がした。

ちなみに今の二人は同じ寝具で体を包んでいる。

ラストア村にいるときも同じであり、一人で寝ることができないエレナにミリィが付き添ってやることが日課となっているのだ。

だからと言うべきか、次にミリィが発した言葉はエレナにとって絶望的なものだった。

「うぅ……。やっぱりすぐには眠れなそうです。ちょっと私、外の風に当たってきますね」

「え……」

「そんな顔しなくても。すぐ戻ってきますから」

「や、約束ですわよミリィさん。今は師匠もシルキーさんも見張りでいないんですから」

ミリィは寝床から抜け出すと、エレナに寝具をかけ直してやる。

「約束ですわよぉ……」

力なく呟かれた言葉を受けて、ミリィは苦笑しながら外へと向かった。

★⋆★

「あれ、ミリィ？」

ミリィが外に出ると、そこにはリドがいた。

焚き火の前にある丸太に腰掛けており、隣にはリドの愛用武器である大錫杖が立てかけてある。

寝ているはずの二人に代わって周囲の警戒をしていたようで、いかにも真面目なリドらしい。愛猫の方は隣で眠りこけているというのに。

「すみませんリドさん。中々寝付けなくて。少しお邪魔してもよろしいですか？」

「ああ、もちろん。どうぞ」

リドは立てかけていたアロンの杖の位置を変え、ミリィが隣に座れるよう少しずれる。座り直す前に眠っているシルキーの尻尾を踏みつけないよう注意することも忘れない。

ミリィは明日の教会潜入とは別の意味で緊張しながら、リドの隣にそっと腰を下ろした。

——もう少し離れた方が良いだろうか、逆に近づくチャンスか、でもそうすると肩と肩が触れてしまいそうだし、いやそもそも自分はただ眠れないから外に出てきただけで、邪なことを考えているわけでは決してなくて、しかし自分の心に素直になることも大事なのでは——と。

ミリィの頭の中では思考が駆け巡っていた。

そんな状況を知る由もなく、リドは焚き火にかけていた鍋へと手を伸ばす。そして、中身のスープを容器に移し替えると、それをミリィの前に差し出した。

リドも同じものを飲んでいるらしく、手にはまた別の器が握られている。

「はい、ミリィ。温まって寝やすくなると思うよ。熱いから気を付けて」

「あ……、ありがとうございます」

暴走していた思考が急に消え去ってしまったからだろう。

リドから差し出された器を取ろうとしたとき、ミリィの注意はひどく散漫だった。

——パシャッ、と。

ミリィの手から器がこぼれ落ち、地面に転がる。当然スープは地面に吸い込まれていった。

「あ、わわっ！　すみませんリドさん！　せっかく入れてくれたのに！」

「ああいや、大丈夫。気にしないで。それより火傷とかしてない？」

「は、はい……。それは大丈夫ですが」

「なら良かった」

リドはにこりと微笑んで、自分が飲んでいた方の器をミリィに差し出す。

「もし良かったらミリィはこっちを飲んでて。まだ温かいからさ。僕は落ちた器を洗ってくるよ」

「え……。そんな、悪いですよ」

「平気平気。湖も近くだからね」

リドは落ちた器を地面から拾うと、湖の方へと駆けていってしまった。

「……」

焚き火がパチパチと音を立てていた。

ミリィの手の中には、リドが先程まで口を付けていたスープの器がある。

「……」

ミリィはシルキーの方をちらりと見やったが、まだ目を閉じて眠っているようだった。

手の中には、リドが先程まで口を付けていたスープの器がある。

「……」

ミリィはふと視線を落とした。

手の中には、リドが先程まで口を付けていたスープの器が、ある——。

「す、素直になることも大事、ですよね……」

ミリィは誰にともなく呟く。いや、自分自身に向けてだったのだろう。

決意を固め、リドから受け取った器に自分の顔を寄せていく。

そして、ミリィは器の縁《ふち》に唇を付けた。

そのまま、まだ熱い中身を口の中へと流し込む。

正直なところ、美味しくはなかった。

そういえばリドは料理が苦手と言っていたなと、ミリィはいつぞやのシルキーの言葉を思い返す。

しかし、そんなことはどうでも良かった。

ミリィにとって真に大事だったのは、器の縁に口を付けるという行為そのものだったのだから。

唇を離し、ミリィは自分の顔が赤く染まっていることを自覚する。それは決して焚き火のせいなどではないということも、分かっていた。

「も、もう一度くらい……」

ミリィが再び器に口を付けようとした、そのときだった。

「起きてるからな」

「はひゃぁ!?」

変な叫び声を上げて、ミリィはまたもスープが入った器を落としそうになる。

しかしそれも無理はない。

横で寝ていたはずのシルキーのぱっちりと開いた瞳に、ミリィは射抜かれていたのだ。

「あ、あ……。シルちゃん、いつから……」

「お前がリドの隣で、近づこうかどうしようか狼狽えていたあたりからだな」

「ほぼ最初からじゃないですかぁ！」

ミリィは銀の髪を振り乱す。

今度はどんな風にからかわれることになるのだろうと、そんな思考がミリィの頭の中を埋め尽くしていた。

一方その頃、大樹の隠れ家にて――。

「ミリィさん、遅いですわね……」

エレナが呟いていたが、当の本人はそれどころではなかった。


「ミリィ、さっき何か声が聞こえたけど大丈夫だった？」

「はいぃ……」

「……？」

ミリィが力なく答えて、リドは怪訝な顔を浮かべる。

どことなく見慣れたものではあったが、シルキーにとっては飽きのこない光景だ。

焚き火の近くでぬくぬくと暖を取りながら、自分の毛並みを丁寧に整えている。

「もしかして、またシルキーがちょっかい出したの？」

「おいおい、それは冤罪だぞ相棒。一回目が終わるまで声をかけなかったんだから、むしろ空気を読んだと感謝してほしいくらいだ」

「一回目？」

「まあいい。とにかく、勝手にそのむっつりシスターが自滅しただけだ」

「うーん？　やっぱりよく分からないけど……」

リドの純朴な発言がミリィをグサグサと突き刺す。

ミリィの今の心情としては「穴があったら入りたい」ではなく「穴を掘ってでも入りたい」だった。

「ま、自分の気持ちに素直なのは良いことだと思うぞ、ミリィよ」

「うぅ、慰めになってないですよぉシルちゃん」

足元へ寄ってきたシルキーにポフポフと叩かれるが、ミリィは涙目を浮かべたままで抱え上げる。

それからミリィが普通の会話ができる状態になるまでには少し時間がかかった。

そして暫くして――。

「ううむ。しかしどこかのむっつりシスターのおかげで目が覚めてしまったな。二人共、吾輩が防御結界を張っておくから、眠くなったら寝ていいぞ」

シルキーがミリィの腕の中でぐにーっと大きく伸びをしながら声を上げる。

その様子を見ながら、ミリィは前々から疑問に思っていたことを聞こうと思った。

「あの、以前から気になっていたんですけど、というか今更かもしれないですけど、シルちゃんって絶対に普通の猫さんじゃないですよね？」

「む？」

「だって人の言葉を喋りますし、防御結界を張ったりとか、魔力を探知したりとかも。そもそもリドさんとシルちゃんってどうやって出会ったんです？」

「ああ、それな……」

シルキーは一体何者なのか、そしてリドとシルキーがどんな経緯で出会ったのかというミリィの問いかけに、当の黒猫は少しだけ遠い目をした。

シルキーがそんな表情になるのは珍しいなと、ミリィはそんな印象を抱く。

「話して良いのか？　相棒」

「うん。別に隠すようなことじゃないしね」

リドの言葉を受け、シルキーはミリィの腕の中からぴょんと地面に飛び降りる。

そして振り返り、口を開いた。

「まず何から話せば良いか……。そうだな。まずミリィよ。お前、リドが何故神官なんてやってると思う？」

「え……？」

予想外の質問を投げかけられ、ミリィは答えに窮する。

神官とはある意味、天授の儀を行うことができる者の総称だ。

だから、リドもまたあるときに天授の儀を使えることに気付き、神官の道を歩むことになったのだろうと、ミリィはそう思っていた。

「確かに天授の儀が行えるからっていうのもあるけどね。僕が神官としてやっていきたいと思ったのは『ある人』との出会いがきっかけだったんだ」

「ある人？」

ミリィが言ってリドは笑う。

それはどこか昔を懐かしむような柔らかい笑みだった。

そしてミリィの疑問に答えるべく、シルキーが言葉を継いだ。

「そもそも、神官は自分自身に対して天授の儀を行えないことは知っているよな？」

「はい。それは聞いたことがあります。でも確か、他の神官に天授の儀を行ってもらうことでスキルを授かることは可能なんですよね？」

「そう。じゃあリドのスキル【神器召喚】ってあるよな？　あれ、誰が授けたと思う？」

「あ……。それがその『ある人』？」

ミリィの合点がいったような言葉にリドとシルキーが揃って頷く。

「グリアムさんっていってね。ちょっと横暴な感じもあったけど、とても優しい人だった」

「へぇ。何だかシルちゃんみたいですね」

「おいおい。吾輩があんなジジイに似ているとは酷いな」

「あー、でも確かに似ているところはあったかもね。人をからかってくるところなんか特に。まあ、猫は飼い主に似るって言うし？」

「え？　そのグリアムって方がシルちゃんの飼い主さんだったんですか？」

ふんふんと鼻を鳴らしているシルキーの傍ら、リドが苦笑しながら頷く。

「じゃあ、その方は……」

「うん。何年か前に亡くなったんだ」

「そう、ですか……」

「ううん。ミリィが気にすることじゃないよ。本人も『百歳以上は生きたし大往生じゃ！　ワッハッハ！』とか言ってたし」

「へ、へぇ……」

どうやらミリィのことを気遣って嘘をついているわけでもないらしい。

リドの話を聞くに、それは悲しい別れではなく、むしろ満足のいった終わりを迎えたのだろうということは想像ができた。

「僕が親に捨てられて、行き場をなくしてたときに拾ってくれた人でね。あの人がいなければ僕はきっとどこかで飢え死にしていたと思う」

「え……。リドさんも……？」

「ごめんね。ミリィにとって嫌なことを思い出させちゃったかもしれないけど」

「い、いえ。私は物心つく前のことで、正直あんまり覚えていないんです」

「うん。僕も同じ」

微笑んだリドを見て、ミリィは何となく察する。

捨て子だった自分を受け入れてくれたラナやラストア村の住人たちが大切に感じられるように、リドもまたグリアムという人物を大切に想っていたのだ。

いや、それは今でも変わらないものなのだろう。

ミリィには何となく、その気持ちが分かるような気がした。

「でね、グリアムさんは天授の儀を行える、神官だった。僕に対して行ってくれた天授の儀は『会心の出来じゃ！』なんて言ってたけど、本当にそうだったと思う。授けてもらったスキルについてもすごく感謝しているし」

「……」

「だからそのとき、思ったんだ。僕もこんな風に誰かに喜んでもらえるような神官になりたい、って」

「あ……。だからリドさんはいつも色んな人に天授の儀を行いたいって言っていたんですね」

リドの言葉を聞いたミリィは様々なことが腑に落ちた。

リドが度を越したお人好しだとは思っていたが、それはグリアムとの出会いがきっかけだったのだろう。

「あれ？　でも、シルちゃんが普通の猫っぽくないって話とは何か関係してくるんです？　グリアムさんがシルちゃんの元飼い主で、リドさんが引き取ったってことは何となく分かるんですが」

「それはあのジジイが、今際《いまわ》の際に言った言葉が原因だな」

「というと……？」

「ジジイがな、リドに向けて言ったんだよ。『最期に、君のスキルを見せてほしい』ってな」

シルキーが見たことのないような目をしていた。

それはどこか哀しそうで、でも大切なものを思い起こすかのような姿だった。

「リドさんのスキルってことは、何か神器を召喚したんですか？」

「うん。今もそこにあるんだけどね」

「え……？」

リドが指差した方向を見てミリィは思わず声を漏らす。

その先にはシルキーが、もっと正確に言えばシルキーの着けた首輪があった。

首輪の先に付けられた緑色の宝石が、焚き火の灯りを受けて輝いている。

「じゃあ、シルちゃんがいつも着けている、この宝石付きの首輪って……」

「おう。リドの召喚した神器だ。この影響で吾輩は人間と話すこともできるし、ちょっとした特殊能力も使えるってわけだ」

「あぁ、そういう……」

なるほどとミリィは手を合わせる。

これまで驚くべき現象を引き起こしてきたリドの神器だ。それらの数々は奇跡と称されてもいい。

そんなリドの神器を着けているからと言われれば納得ができるとミリィは思った。改めてリドの使用するスキルは規格外だなと、そんな考えも浮かべながら。

「とにかく、吾輩が普通じゃないのはそういうわけだ」

「そうだったんですね」

「吾輩も人間と話せるのは楽しいからな。リドが色んな奴に天授の儀をしたいとか、困っている人がいたら助けになりたいとかお人好しなことを言うもんだから、恩返しに付き合い始めたんだ。今では好きで一緒にいるけどな」

そう言って、シルキーはニヤリと笑う。

リドとシルキーの間にある謎の信頼関係みたいなものも分かった気がすると、ミリィは頷いた。

そして、ミリィはすくっと立ち上がり、リドに向き直る。

「リドさん。私、リドさんに会えて本当に良かったですよ」

「ど、どうしたのミリィ？　そんな改まって」

「リドさんがグリアムさんに救われたのと同じように、それから、シルちゃんがリドさんに感謝しているのと同じように、リドさんに救われたと思っている人も感謝している人もたくさんいるはずです。だから、それを知ってほしいなって」

「……」

毅然と言ったミリィの姿は、焚き火の炎に銀髪が揺らめいて幻想的だと、そう思わせるものだった。

思えばミリィの真っ直ぐな姿勢にはいつも助けられてきた気がするなと、リドはそんな感慨を抱く。

「ミリィ、ありがとうね」

「ふふ。これからもよろしくお願いしますね、リドさん」

二人が言い合って笑みを浮かべる。

その傍らに控えたシルキーもまた、満足そうな笑みを浮かべていた。

そして――。

「あれ？　そういえば何か忘れているような……」

ミリィが顎に手を当てて独り言を漏らす。

その頃、大樹の隠れ家では――。

「すぐに戻ってくるって、約束しましたのにぃ……」

完全に忘れ去られていたエレナが涙目になっていた。

★★★

翌日――。

湖畔で一夜を明かしたリドたちは王都グランデルの正門付近までやって来る。

空からは小雨が舞い、地表付近では濃い霧が発生するという悪天候だったが、むしろこれはリドたちにとって都合が良いと言えた。

「それじゃあ、王都教会の人間に見つからないよう、ここで《アルスルの外套》を使ってグランデルに入ろう」

「はい、リドさん」

「改めて説明するけど、この神器を被っていれば外にいる人間から僕たちの姿は見えなくなる。でも、人にぶつかったり激しく動いたりすると認識されてしまうから、その点は注意して。あと、何かを動かすときは誰かが見ていないのを確認しよう」

「逆に雨が降っていて良かったかもしれませんわね、師匠。これなら人通りも少ないでしょうから、大通りでも人にぶつかる心配なく進めますわ」

エレナが言って、リドやミリィもそれに同意する。

「よし、行こう」

リドがアルスルの外套を広げ、その中にシルキーを抱えたミリィ、エレナと収まった。

いつもならリドとの距離が近くなると狼狽えるミリィも、今は重要な作戦の方へと意識が向いている。

そのことがシルキーにとってはちょっぴりつまらないのだが、さすがに空気を読んでか口には出さなかった。

門の所にいた兵にも悟られることなく、リドたちは王都内へと足を踏み入れる。

リドにとっては実に左遷されたとき以来となる帰還だ。

「久しぶりに王都に来たけど、随分と変わって見えるね」

「同感ですわ師匠。日中だというのに、どこか感じが違いますわね」

「何だか、物々しい雰囲気です……。霧がかかったりしているからそう思えるだけなんでしょうけど」

「まるで亡国のようだな」

皆が言うように、今のグランデルは「活気に溢れた華々しい城下町」という印象から程遠かった。

日中だというのに景色は暗く、どの家も窓を閉め切っている。

アルスルの外套を被っていなければ、三人と一匹で歩くリドたちの姿はかなり目立っていたことだろう。

自然と慎重な足取りとなり、リドたちは濃霧の中を進んでいく。

幸いにもアルスルの外套の効果が解除されるような場面に遭遇することはなく、無事に王都教会の前へと辿り着いた。

リドは建物のてっぺんに設置された女神像を見上げる。前に出された両手に陽の光が降り注いでいれば印象もまた違っただろうが、今はしとしとと雨が落ちるばかりだ。

「ここにドライド枢機卿がいるって話だけど……」

「奴の姿を見つけられても都合よく重要な機密を話しているとは限らないだろうし、できればかき集めているであろう黒水晶の方を見つけたいところだな」

外套の中で互いに頷き合い、リドたちは教会の内部へと潜入を開始する。

「さて、蟹が出るか海老が出るか」

「…………シルちゃん、もしかして『鬼』と『蛇』ですか？」

「凄い。よく分かりましたわねミリィさん」

「ふふ、シルちゃんの言い間違いにも慣れてきました。シルちゃんがいつも通りだと何だか安心しますね」

「あんまり緊張しすぎも良くないからね。ありがとうシルキー」

「おい、どういうことだ？　なんでお前ら笑ってる？　なんで吾輩は感謝されたんだ？」

シルキーとしては真面目に言ったつもりだったのだが、どうやらリドたちの緊張をほぐす効果があったらしい。

三人と一匹は王都教会へと足を踏み入れ、内部を探索していく。

といっても、元は王都神官を務めていたリドの案内があるため、手当たり次第にという感じではない。

まずは大広間、聖堂と、人がいそうな場所から確認していく。

「ドライド枢機卿の姿は……見えないね」

「黒水晶についても倉庫の方にはありませんでしたわね。まあ、そんなところには置いているはずもありませんが」

「となると、次に向かうべきは枢機卿が使用する執務室か」

リドの提案に皆が頷き、次の行き先を決める。

辺りを歩いていた神官に接触しないよう注意しつつ先を進むと、程なくして一際頑丈そうな造りの扉の前へと到着した。

「ここが枢機卿用の執務室だ」

「扉は……鍵がかかっていますね。ということは不在でしょうか？」

「ああ。中から人の気配も匂いもしないな」

シルキーが扉に鼻を寄せてすんすんと嗅ぐ仕草をしながら呟く。

「しかし、奴が普段使っている部屋なら見ておきたいところだがな」

「でもどうするんですの？　さすがにぶっ壊すわけにもいきませんし」

「なぁに、リドにかかれば鍵なんてかかっていないも同然さ」

「え？」

シルキーに言われて気付いたが、リドはいつの間にかある神器を召喚していたらしい。

右手には荘厳な装飾の施された「鍵」が握られていた。

「リドさん、それってもしかして……」

「《ランドルフの万能鍵》っていう神器だね。もちろん普段は使用しないんだけど、これなら……」

――ガチャリ。

周囲に人がいないことを確認しつつ、リドが扉にかかっていた鍵を解錠する。

「よし開いた。中に入ろう」

こともなげに言ったリドに、ミリィとエレナは感嘆するよりも先に呆れていた。

この人に出来ないことなんてあるのだろうかと、本当に大胆な行動をする人だなと、二人はそう言いたくなったが、今はまず調査を優先しようと切り替えることにする。

部屋の中を探索し始めてから少しして、リドが嘆息混じりに呟いた。

「……めぼしいものは見つからないな」

何かドライドの狙いを窺い知れるような資料などが見つかればと思ったが、そういう類のものは出てこない。

教会内に手がかりはないのかと、判断しかけたそのとき、シルキーが目を細めて呟く。

「リド。その女神像の後ろ。恐らく何かあるぞ」

シルキーの言葉で、一同は部屋に置いてあった人の背くらいの女神像へと視線を向ける。

一見して女神像も、その後ろにある白塗りの壁もおかしなところはないように思えたが……。

「あれ？　ここに何か穴のようなものがありますわ」

女神像をくまなく観察して、エレナが声を上げた。

見ると確かに、背中側の羽の下あたりに穴がある。

「これは……鍵穴？　だったら……」

リドが再び《ランドルフの万能鍵》を使用すると、女神像の背後にあった壁面の一部が音を立てて沈んでいく。

そこに現れたのは、隠し階段だった。

「やっぱりな。ここだけ空気の流れが不自然だった」

シルキーが笑みを浮かべる。

突如現れたその階段は地下に続いているようで、先の方から冷たい風が流れ込んできていた。

「どうする？　行く？」

隠し扉の奥に続く階段を見て、リドは小さく問いかける。

「ふふん。大丈夫ですわ師匠！　仮に何かが出てきても私が討ち倒してみせます！」

エレナの言葉に皆が頷き、リドたちは階段を下ることにした。

そうして進むこと五分ほど――。

「暗いですわ……。怖いですわ……。オバケとか出そうですわぁ……」

エレナはミリィの腕にしがみつきながら歩いていた。

地下へと伸びる階段は薄暗く、夜が苦手なエレナは体をすくめている。

「おいエレナよ。お前、先程の威勢はどこへ行ったんだ？」

「エレナさん。残念ですがエレナさんのソレは薬草じゃ治せませんからね」

「うぅ……。頑張りますわぁ……」

「あ、でも見て。もう終わりみたいだよ」

リドの言った通り、階段は終点を迎えたようだ。

エレナは明らかに見て取れる安堵を浮かべている。

「これは……？」

平坦な石畳の階層。

そこに降り立ったリドたちの正面にあったのは、黒い扉だった。

この先に何かがあるのだろうと予想させるほどにその扉は巨大で、リドは自然と固唾を呑む。

「……」

リドは周囲を警戒するが、誰もいない。

中の状況を確認するため扉に鼻を寄せたシルキーも、問題なしとの合図をリドに送る。

「……」

そのとき、扉の前の広間にはリドたちにとって不可避の罠があった。

いや、罠というよりも一人の人物の執念とでも言うべきか。

リドたちが被っているアルスルの外套は、気配や姿に加えて内部で交わしている会話などの音も遮断する。

そのため、もしアルスルの外套の効果が維持された状態で外部の人間がリドたちを知覚できることがあるとすれば、それはリドたちが何かを動かしたりする瞬間に他ならない。

付近に誰かがいれば、匂いや気配を探知できるシルキーが気付くはずだという先入観も手伝って、一行は躊躇《ちゆうちよ》なく扉に手を掛ける。

「よし、開けるよ」

その扉は、意外にも少しの力を込めただけで動いた。

僅かに開いた隙間から体を滑らせ、三人と一匹はその先の空間へと足を踏み入れる。

「ここは……」

そこは開けた空間で、複数の石柱が規則正しく並んでいた。

石柱は「高くそびえる」と表現していいほどの大きさで、今しがたリドたちが下ってきた階段分の高さはあろう。

地上から伸びている植物の蔦《つた》や根が絡みついた石柱も見て取れる。

「上にあった大聖堂よりも遥かに広いね。まさか王都教会の地下にこんな場所があったなんて」

「さながら地下の神殿ってところか。しかし……」

空間の広さも然りだったが、何よりリドたちの目を引いたのは奥の方に広がっていた光景だ。

最奥の一段高い位置に祀《まつ》られた女神像は首から上がなく、それがこの地下空間に異様な雰囲気をもたらしていた。

そしてもう一つ。

大量の木箱が並べられていることがリドは気になった。

こんな場所に置かれた箱の中には何が入っているのか。思考を巡らせ、皆が同じ答えを思い浮かべる。

王都教会にいたリドすらも知らない、隠された地下神殿。

その入り口がドライドの私室にあったということを考えれば、あの箱の中にはリドたちが追っていたものが入っているのだろうと。

「この場所が何なのかは気になるけど、まずはあの箱の中身を確かめたいね」

一行は歩を進め、並べられた木箱の内一つを選んだ。

そして中身を確認するべく木箱の横面を破壊すると、中から黒い鉱石が溢れてくる。

「やはりな」

シルキーの視線のその先には、淡い光を放つ黒水晶があった。

「どうする相棒？　一度ここから抜け出してラクシャーナ王やバルガスのおっちゃんに報告するか？」

「そうだね……。ドライド枢機卿の姿は見えなかったけど、ラクシャーナ王に知らせれば情報を元に尋問することは可能だと思う。一旦この場所から離れ――」

リドが突然、ミリィとエレナを抱えて横に飛ぶ。

「わっ⁉」

「きゃあっ⁉」

ほぼ同時、リドたちが少し前までいた場所を鋭い風斬り音が走り、一人の女性が姿を現した。

「チィッ――――！」

激しく動いたことでアルスルの外套の効果は切れてしまったようだったが、リドの咄嗟の判断がなければ無事では済まなかっただろう。

それほどに女性が手にした短剣は鋭利な輝きを放っていた。

「鼠め。今のを躱すとは……」

苦い顔をしながら掻き上げた髪は紫色で、その女性の姿に見覚えのあったリドが声を上げる。

「あなたは……」

「やはり来たな、リド・ヘイワース神官。絶対に生きては返さんぞ」

深い憎悪の感情を込めながらリドたちを見据えていたのは、枢機卿付きの秘書官、ユーリア・ビスティだった。

「ユーリア秘書官……」

「誰なんですの？ 師匠」

「うん、ドライド枢機卿の秘書を務める女性でね。僕も任命式のときくらいにしか見かけたことはないんだけど」

リドはユーリアから目を離さず、エレナの問いに答える。

一方のユーリアは、完全に虚をついたはずの攻撃が回避されたことでリドに対する警戒心を一層強めていた。

「しかしあの女、なんで吾輩たちがいるって分かったんだ？　アルスルの外套の効果は切れていなかっただろ？」

「ユーリア秘書官は僕たちが入った扉の方から現れた。つまり、僕たちがこの地下神殿に入るところを見られていたんだと思う」

「しかし、ここに入るときには誰もいなかったぞ。吾輩の鼻に誓って本当だ」

「恐らく、あの人のスキルがアルスルの外套と似た効果を持っていたんだ。それでどこかに潜伏していたのかと。そうですよね？　ユーリア秘書官」

リドの問いかけに対しユーリアはほんの一瞬驚いた表情を浮かべたが、すぐに元の険しい顔に戻る。

「ほう……。私のスキルについてはあの方以外知らないはずだがな。あの一瞬の攻防で察しが付いたか？」

リドの推測は当たっていた。

ユーリアが持つのは【気配隠匿】スキル。他者に対して自分の姿を隠すという特異な効果を持つスキルだ。

本来であれば先程の攻撃も不可避の一撃となるはずだったが、移動する際に生じた石畳の僅かな振動を察知したリドが上を行っていた。

そんなリドを脅威と感じたのか、ユーリアは距離を詰めず、壁際を背にして機を窺っている。

「リドさん、もう一度アルスルの外套を被るのはどうですか？　そうすれば私たちの姿も見えなくなるんじゃ……」

「いや、駄目だミリィ。一度姿を知覚された相手に対してアルスルの外套は効果を発揮しない。それはユーリア秘書官も同じようだけど」

「なら、ここは純粋な決闘勝負になりそうですわね。あの紫髪の女性を捕まえて話を聞くのが一番手っ取り早そうですわ」

傍から見ればこの状況は三対一だ。

【気配隠匿】スキルも使用済みであり、初撃の絶好機を逃したユーリアにとって劣勢は必至。

そう思われたが――。

「ユーリア秘書官、武器を収めてくれませんか。この状況で戦っても結果は明らかなはずです。僕たちはドライド枢機卿の企てを知りたいだけで――」

「フフフ。鼠どもが、戦う前から勝った気になるなよ。こちらにも切り札はあるのだ」

ユーリアは笑みを浮かべており、それは虚勢などではないように見えた。

そして背にした壁面に手を伸ばし、その一部を力強く押し込む。

「な、なんです？」

ミリィが声を上げたのは、辺りを震わせるような地鳴りが起こったからだ。

もしやユーリアがこの地下神殿を崩壊させて自分もろともリドたちを生き埋めにする道を選んだのかと思えたが、そうではなかった。

代わりにユーリアの横にある壁面が崩れ去り、耳をつんざくような咆哮と共に巨大な生物が現れる。

――ガァアアアアアアア！

それは、他を圧倒するほどの存在感を放つ銀翼の竜だった。

「あ、あれはカイザードラゴン……！　なんでこんなモンスターがここにいるんですの⁉」

エレナが現れた巨大竜を見て、手にしていた剣をきつく握りしめる。

モンスターの中でも最強種と言われるドラゴン種。その中でも一線を画す強さを持つと言われているのがこのカイザードラゴンだ。

背に生えた銀翼が巻き起こす風圧だけで敵は這いつくばり、鋭い鉤爪と長い尾が繰り出す一撃はどちらもが即死級。

目撃すれば最期のときを覚悟しろと言われ、運良く逃げ延びることができた者から伝わる話が伝承となるほどのモンスターである。

「ハハハハッ！　貴様らが来たときに備えて保険を張っていた私の勝ちだ！　さあ、カイザードラゴンよ、鼠どもを一匹残らず駆逐せよっ！」

ユーリアは勝利を確信した様子だった。

一方、カイザードラゴンはリドたちを倒すべき敵と認識したらしい。

悠然と構えながらもリドたちを射抜くかのように冷たい瞳を向けていた。

「ドラゴン……」

「何してるんですのミリィさん！　早く逃げないと！」

何かを思い出そうとするかのように呟いたミリィに対し、エレナは声を張り上げる。

さすがにカイザードラゴンを前にしては逃げる一手しかない。ある話を知らないエレナにとって、そう考えるのは自然なことだった。

が――。

「なるほど。あれがあの女が妙に余裕ぶっていた理由だったか。なら、何の問題もなさそうだな、相棒」

「そうだね。なんでユーリア秘書官があれを従えているのかは気になるところだけど、まずは倒そうか」

「は……？」

エレナが呆気に取られたのも無理はない。

シルキーとリドは完全に落ち着き払った様子で会話をしていたからだ。

「フフ、観念したか？　ならば仲良く死ぬがいい！」

勝ち誇った声を上げてカイザードラゴンをけしかけてくるユーリア。

――しかし、ユーリアは知らなかった。

最強種と言われるドラゴンを、運動不足にならないようにという意味の分からない理由で狩っていた化け物がいることを。

「翼の、付け根――」

リドが手にしていた大錫杖――アロンの杖を振りかざして呟く。

すると、リドの命《めい》に応じるかのように無数の光弾が射出され、その全てがカイザードラゴンの背に着弾する。

——ガルゴァアアアアア!?

「え……?」

声を漏らしたのはユーリアだった。

直後、カイザードラゴンは抗うこともできず、地面に倒れ込む。その巨体は身じろぎ一つせずに、絶命していることが窺えた。

「は……。そ、そんな馬鹿な……」

すぐには状況が飲み込めずに狼狽するユーリア。

それとは対象的に、リドはかざしていた大錫杖をゆっくりと降ろす。

「な、何が起こったんですの? カイザードラゴンが、一撃で……」

「ああ。あのドラゴンは背中にある翼の生え際、そこが弱点なんだよね」

「師匠、なんでそんなこと知って……」

「かつて王都にいた頃、ドラゴン狩りがリドの日課だったからな。あのカイザードラゴンにしても三回は倒したことがある。いや、四回だったか?」

「私もドラゴン狩りのことは聞いたことがあって。カイザードラゴンまで倒したことがあるなんて知りませんでしたけど」

「は、はは……」

リドたちが平然と言葉を交わしているのを見て、エレナは乾いた笑いをこぼすしかなかった。

「ユーリア秘書官、これで降参してくれますか？」

「う……」

カイザードラゴンを退けた後で、リドはユーリアとの距離を詰めながら問いかけていた。

ユーリアからすれば、今のリドという存在は恐怖そのものである。

最強種のモンスターであるドラゴン。その中でも特に優れた戦闘力を持つカイザードラゴンを、ただ一度の攻撃で討ち倒してしまったのだから。

その化け物が自分に武器を降ろせと迫ってくる。

もしも断れば命はないだろう。いや、あらゆる手で苦痛を与えられた上で知っている情報を吐くよう強いられるに違いない、と――。

リドがそのように残虐なことを行うはずもないのだが、ユーリアにとってみればそれは自然な思考であった。

「くそ……。ならばっ！」

「……っ！」

たとえ今の状態から攻撃を仕掛けたとしても、打開に繋がらないであろうことは明らか。

ならば忠義に殉《じゅん》じ自分自身の口封じをと、ユーリアは手にした短剣で喉を斬り裂こうとした。

「させませんわっ！」

「《茨の束縛《ソーンバインド》》――！」

刹那――。

リドよりもユーリアの近くにいた二人の少女が反応した。

エレナがユーリアの手にしていた短剣を弾き飛ばし、ミリィが石柱に絡まっていた植物を操作して四肢を束縛。

結果として、ユーリアの自害は失敗に終わることとなる。

「おのれ、貴様ら……」

「まったく。命を粗末にするもんじゃありませんわ」

「あの、舌とか噛んじゃだめですからね。とてもよく効く薬草もありますから」

「チッ……」

そこでユーリアは観念したらしく、束縛された体から力を抜く。

「ユーリア秘書官、教えてください。この地下神殿のような場所は何なのですか？　どうしてここに大量の黒水晶があるんです？」

「……」

「ユーリア秘書官」

リドが重ねて問うが、ユーリアは口を開こうとしない。

ライブラの魔秤を喚び出して問いかける方法もあったが、自分の死を賭してまで口をつぐもうとしたユーリアに通用するだろうかとリドは思案する。

きっとユーリアにとってドライドという人物は「特別」なのだ。

左遷されてから特別を見つけたリドには、ユーリアの気持ちが少しだけ分かる気がした。

と、そのときである。

——コツ、コツ、と……。

リドたちが入ってきたのと同じ、扉の方から人の足音が聞こえてきた。

石畳と木底の靴が擦れる音は地下空間によく響き、それだけで不思議な緊張感をもたらす。

足音には一切の乱れがなく、その音を響かせる人物の余裕を表しているかのようだった。

「ドライド、枢機卿……」

リドに名を呼ばれ、ドライドは元々上げていた口角をより一層吊り上げる。

自分の部下が拘束されている状況であるにもかかわらず、焦りの様子はなく、むしろ面白い場面に出くわしたとでも思っているのだろうか。

ドライドが浮かべていたのは、そんなことを感じさせるような笑みだった。

「やあ。待たせてすまなかったね、ユーリア」

ドライドのその言葉でリドたちは目を見開く。

響いたその声が日常的な挨拶でも交わすかのように落ち着き払っていたからではない。

先程まで離れた位置にいたはずのドライドが、一瞬にして拘束されているユーリアのすぐ傍まで移動していたからだ。

「申し訳ありません、ドライド様……」

「なに。気にすることはないよ。それだけ彼らが上だったということだろう。そこに転がっている竜を見れば分かるさ」

ドライドは素早く取り出した小剣でユーリアの拘束を解くと、リドの方へと向き直った。

「さて。お待たせしてしまったね、リド・ヘイワース神官。少し、話をしようか」


「あれが、ドライド枢機卿ですか……」

ドライドの登場によって後退したミリィがリドに声をかけてくる。

リドは目で応じつつ、警戒を解かずにドライドを注視した。

ゴルベール大司教が纏っていたような、ただ豪奢なだけの祭服とは違う。ドライドの纏った教会服は整然として乱れのない様子だった。

柔和な笑みを浮かべ、少なくとも外見からはヴァレンス王国全土を脅かすような企てをしているようには見えないのだが……。

「相棒、気を付けろよ。アイツ、何してくるかが全く分からん」

リドの傍で珍しく真剣な表情を浮かべたシルキーが呟く。

動かないドライドがかえって不気味なのか、黒い毛並みも激しく逆立っていた。

一方でユーリアの拘束を解いたドライドは、手にした小剣で攻撃を仕掛けてくるわけでもないらしい。

悠然と構え、臨戦態勢を取っているリドたちに向けて言葉だけを放ってきた。

「そんなに警戒をしなくても良いのに。私はまず話をしようと言っただけだ。それ以上の意味はないよ」

「……」

ドライドは小剣を懐に仕舞いながら肩をすくめている。

どうやら本気で話をするだけのつもりらしい。

リドはミリィとエレナに警戒を怠らないよう目配せした後、ドライドに対して問いかけることにした。

「……それなら、僕からお尋ねしたいことがあります。ドライド枢機卿」

「構わないよ。といっても、君たちがここにいることからある程度の推測は立つがね」

「この地下神殿に並んでいる木箱。その中には黒水晶が入っていました。あなたはそれを使って何をしようとしていたのですか？」

リドの問いを受けてドライドが楽しげに口角を上げる。

「ふむ、やはり私が何かしようとしているという察しは付いていたようだね。でなければ私の部屋から繋がっているこの場所に来ることもないか。うん、実に優秀だ」

「……」

「私がなぜ黒水晶を集めているか、だったね。その前に確認なんだが、君は黒水晶がどんな効果を持つか知っているかい？」

「採掘した時点では強い毒性を持っているということと、モンスターの性質を変化させる鉱物だということころまで」

「そこまで知っているなら話は早い。というより、黒水晶がモンスターに影響を与えることまで知っているなら私が講じてきた手段の方は分かるよね？」

その物言いでリドの中で抱えていた疑問は確信に変わった。

これまでリドたちが目にしてきたモンスターの変異や異常発生は、やはりドライドの行ってきたものだったのだと。

「……やっぱり、各地のモンスターを活発化させてきたのはあなただったんですね。ドライド枢機卿」

「フフフ、正解だよ」

ドライドはまるで教え子が模範解答をしたことを喜ぶ師のように笑ってみせる。

しかし、リドにはまだ腑に落ちない点があった。

モンスターの性質を変化させる黒水晶を集めていたのだから、その効果を利用しようとしていたことは分かる。

重要なのは、モンスターの発生に干渉することでドライドに何の得があるのかという点。

つまりドライドの手段は判明したものの、目的の部分が未だ不明なのだ。その疑問を、ミリィとエレナがそのまま口にする。

「どうして、そんなことを……」

「モンスターを大量発生させて、ヴァレンス王国に住む人たちの平和を脅かそうとでもいうんですの？」

「おいおい、嫌だな。それではまるで古い物語に出てくる魔王か何かのようじゃないか。私はあくまで人間として当たり前の欲求に従って行動しているだけだよ」

「人間としての欲求？」

「そう。とても根源的で単純なものさ。人としての本能と言って良いかもしれないね」

「それは……」

「他者よりも優位に立ちたいという欲求さ」

ドライドは満足そうに手を広げ、恍惚《こうこつ》とした表情で語る。

「人は生まれながらに他者よりも優れた存在でありたいという欲求を持つものだ。種として生き残るために狩りを行い、生命の安全が手に入れられれば同じ種の中でも優位に立とうとする。その欲求は形を変えてきたが、現代に至っても根本的なところは変わっていない。私はそのように考えているよ」

「……」

「ゴルベールという男がいただろう？　彼などはまさにその欲求を体現したかのような人物だった。神官としての利益を享受したい、優遇されたい、称賛されたい。彼は醜くはあったが、優越感に執着しようとする姿は人として自然なものだったと思う」

「で？　その話がモンスターを異常発生させることとどう繋がるんだよ」

嬉々として語るドライドに、シルキーが苛立ちをあらわにして尋ねた。

黒猫が人の言葉を発したことにドライドは興味深そうな目を向けるが、すぐに元の柔和な笑みに戻る。

「簡単な理屈さ。自分が優位に立ちたいとなれば、自分よりも上にあるものは邪魔だよね」

「……なるほど。あなたの敵は、王家ですか」

「その通りだ、リド・ヘイワース神官」

「しかしそれがどういう――いや、そうか……」

リドは思案し、そして思い至る。

「ドライド枢機卿。あなたがモンスターの異常発生をさせていた理由は、王家の信用失墜が目的。そうですね？」

ドライドはその問いには答えない。

代わりに、とても不気味な笑みを浮かべてそこに立っていた。

「王家の信用失墜が目的？　どういうことですか、リドさん」

「さっき、ドライド枢機卿は自分よりも上に立つ者が邪魔だと言った。今の王都教会よりも上の存在があるとすればそれは王家だ」

「だから、黒水晶を使っていたのもその立場を逆転させるためだったと？」

ミリィの問いにリドは頷く。

「黒水晶を使ってモンスターを異常発生させても、ドライド枢機卿に得はない。そう思っていたんだけど」

「だけど？」

「例えば、もしそれを他の誰かの仕業に見せかけることができるなら……」

「あっ……」

そこでミリィも、傍で聞いていたエレナも気付いたようだった。

他者と比べて優位に立つための方法は主に二つ。

自身を向上させるか、他者を蹴落とすかだ。

ドライドはその後者を選んだのだろうとリドは推測した。

「気になっていたんだ。確かにここには大量の黒水晶があった。でも、採掘を管理していたエーブ辺境伯から全てを買い取っていたとするなら、量が合わない。もしかすると、どこかへ運び出していたのかもしれないって」

「どこかへ？」

「例えば、王家で管理している建物の中とかね」

シルキーがリドの思惑を察したようで、口角を上げる。

「なるほどな。黒水晶をドライドの奴が集めていたのを知っているのは一部の人間だけだ。あの紫髪の姉ちゃんのスキルを使えば、少しずつならバレないように移動させることもできるし、王家が黒水晶を集めていたように見せかけることもできるってわけか」

「それで機を見て、黒水晶がモンスターの異常発生に繋がっている事実を公表すると、そういうことですのね。師匠」

「もちろん、これは僕の推測に過ぎないけど……」

リドは言って、ドライドの様子を窺う。

ドライドは慌てるわけでもなく、否定するわけでもなく、ただ黙って頷いた。

「フフフ、中々な名推理だ。ほぼ正解と言っておこうか。その通り、私の目的はこのヴァレンス王国の秩序をつくり変えることにある。邪魔な王家を排斥し、私にとって都合の良い秩序に、ね」

「……」

「先程の推理を補完するなら、私が黒水晶の効果に気付いたのは十数年前の実験がきっかけというところか」

「十数年前……。まさか王都近郊で起きたモンスターの大発生も……」

「その通りさ、バルガス公爵のご令嬢」

「っ……」

ドライドの言葉にエレナは怒りをあらわにする。

エレナの父、バルガスが片腕を失ったのは十数年前、王都近郊で起こったモンスターの大発生が原因だ。

そのモンスターの大発生は、ドライドの身勝手な実験によるものだったというのだ。

「絶対に、許せませんわ……」

「おや、癇《かん》に障ったかな？　別に良いじゃないか。そのおかげで君の父は公爵の地位を手にすることになったんだし。そうでなければラストア村の廃村命令も撤回することはできなかったのだろう？」

「なんで廃村命令のことを知って……」

「ああ、王家の下部組織には何人か話の分かる連中がいたからね。今後も黒水晶は何かと使えそうだったし、洗浄地が欲しかったのもあって手を回したんだが、王家本体の命には逆らえなかったらしい」

ドライドは何がおかしいのか声を漏らして笑っている。

その不快な声に反応したのはミリィだった。

「あなたは、自分の理想のためなら他人はどうなっても構わないというんですか？」

「些末なことだからね」

「え……？」

「究極的に、自分が執着するもののためなら他者を切り捨てられるのが人間だよ。誰だってそういう経験があるはずだ」

「……」

ドライドの物言いに、ミリィはすぐ反論することができなかった。

親に捨てられた経験のあるミリィにとっては、ドライドの言うことも完全に否定し得るものではないと、直感的に感じたのかもしれない。

「けれど……」

ミリィは青い瞳でドライドを見据えて言った。

「けれど、私はそれだけが全てじゃないって知っています。誰かの特別を守るために、必死になってくれる人たちもいるって」

「それは……、君が恵まれているだけだよ」

ミリィの言葉に、ドライドの表情が初めて明確な変化を見せる。

浮かべていた笑みが消え、返した言葉は少しだけ低い声だった。

「ドライド枢機卿。あなたが自分の目的のために他者の犠牲を厭《いと》わないなら、僕も自分の特別を守るためにあなたを全力で止めてみせます」

「……フフ、若いね。果たしてそううまくいくかな？」

「言っておくが、相棒はめちゃくちゃ強いぞ。お前の方こそ、ペラペラ喋ったことを後悔するんだな」

「なに、私が真実を話そうが話すまいが、どちらにしても結果は一緒だからさ」

ドライドは一度言葉を切って、そしてリドたちに宣戦布告するかのように一歩前へと足を進める。

「君たちに止められるようなら、どちらにせよ計画は頓挫《とんざ》するしね。だから元より、私がここでやるべきことは一つなのさ」

「あれは……」

ドライドが懐からあるものを取り出す。

それは、淡い光を放つ黒水晶だった。

「死人に口無し、ということだよ」

「……っ！」

ドライドは取り出した黒水晶を小剣で叩き割ったかと思うと、その欠片を自身の口に含む。

そしてそのまま、それを一息に飲み込んだ。

「アイツ、黒水晶を……」

「喰った……？」

リドたちにはその行動の意図が分からない。ただ理解不能という言葉が脳裏を巡っていた。

が、すぐにその答えは明らかになる。

「君たちはこの黒水晶がモンスターの性質を変化させると言っていたね。それは正しい。が、一つ付け加えておこう」

砕いた黒水晶を飲み込んだドライドの周囲に、黒い靄のようなものが漂い始めた。

得体の知れない、この世のものとは思えないような気体。そしてそれはドライドに吸い込まれるようにして消えていく。

「ど、どうなってるんですの……？」

「リドさん、これは……」

そこに現れたのは黒く巨大な異形の魔物だった。

頭部からは二本の角を生やし、二足で立つ他は明らかに人の見た目とは異なる。

太い前腕は一般的なオーク種などの数倍はあろう。

体躯は先程リドが討ち倒したカイザードラゴンと並ぶほどで、広い地下神殿の天井にも届かんばかりの高さからリドたちを見下ろしていた。

「黒水晶を体内に取り入れることでその生物は変化する。そしてそれは人間も例外ではないのだよ。

本来このように物理的な力で解決しようとするのは趣味ではないのだけれどね。君たちが私の計画を邪魔しようというのなら、話は別だ」

異形の魔物に変貌を遂げたドライドは、声質までもが変化している。

魔物が人の言葉を話すとしたらきっとこのようになるだろうと、そう思わせるような低く重い声だ。

「さあ、決着をつけるとしようか。少年少女たちよ」

ドライドの声を受け、リドは手にした大錫杖をきつく握りしめた。

「フフフ。仲良く葬ってくれよう。それで邪魔者はいなくなる」

黒水晶を飲み込み、魔物の姿へと変わったドライド。

その姿を見上げながらミリィが呆然と呟く。

「り、リドさん……。ドライド枢機卿がモンスターみたいな見た目に……」

既に石柱の何本かは崩れ去っており、ドライドの巨体からは見る者をすくませるような圧が放たれていた。

「古い文献で見たミノタウロスみたいですわ。それにしても大きいですが……」

「ギガントードのときと同じだね。どうやら、黒水晶を取り込むことで強大になるみたいだ」

リドとエレナもまた揃ってドライドの姿を見上げ、どう対処すべきかを思案する。

「へっ。ドライドの野郎が自分の目的やら価値観やらについて大層に語っちゃいたが、要はアイツを倒せば四角く収まるってことだ。分かりやすくていいじゃないか、相棒」

「そうだねシルキー。四角じゃなくて丸だけどね」

シルキーの言葉に指摘を入れつつも、リドはアロンの杖を握り直して臨戦態勢を取った。

「それなら、先制攻撃だ――」

リドはそのまま神器解放を唱え、アロンの杖から無数の光弾を射出する。

放たれた光弾は弧を描き、カイザードラゴンを仕留めたときと同じようにドライドの巨体を四方から襲った。

「やった……!」

全ての光弾がドライドに着弾し、もうもうと粉塵《ふんじん》が舞う中でミリィが歓声を上げる。

が――。

「フフフ、大した威力だ。カイザードラゴンを倒しただけのことはある。しかし、私は倒せないよ」

「……っ」

これまで凶悪なモンスターを何体も退けてきたリドの得意攻撃。

しかしその結果はいつもと異なっていた。土煙が晴れると、そこには攻撃前と変わらない姿でドライドが立っている。

「これは、一筋縄じゃいきそうにないね……」

「全く効いていないわけじゃなさそうだがな」

リドは一度態勢を立て直し、改めてドライドの姿を注視した。

カイザードラゴンのように弱点があるならばそこを突くべきなのだろうが、全方位から光弾を受けたはずのドライドの様子を見ても、特に損傷が著しい箇所は見受けられない。

「次はこちらから行くよ」

今度はドライドがその巨大な前腕を振り回してきた。

単純な攻撃ではあったが、その威力は絶大。

地下神殿の石柱ごとリドたちの場所を吹き飛ばそうと迫ってくる。

「くっ……！」

リドたちはどうにか攻撃の範囲外へと逃れ、ドライドと距離を取った。

「みんな、怪我はない？」

「だ、大丈夫です」

「見た目通りというか、当たったらマズそうですわね……」

折れた石柱の陰へと隠れて互いの無事を確認するリドたち。

直撃すれば石柱と同じような運命を辿るだろうということは、容易に想像がつく。

「ドライド枢機卿、中々に手強そうな相手ですわね」

「でも、みんなで力を合わせて戦えば――」

ミリィが拳を握り、声をかけたそのときだった。

「――っ！　ミリィさんっ！」

「きゃあっ!?」

エレナが咄嗟に剣を振るうと、ミリィの眼前で甲高い金属音を響かせながら何かが弾ける。

それは投擲《とうてき》された短剣だった。

エレナがもし剣を振るっていなければミリィに深い傷を負わせていただろう。

「チィッ――」

離れた位置で苦い表情を浮かべていたのはユーリアだ。

どうやら間隙《かんげき》を縫って攻撃を仕掛けてきたらしい。

「ミリィ、大丈夫!?」

「は、はい、リドさん。エレナさんのおかげで何とか」

リドがミリィを立たせる傍ら、エレナが怒りの表情を浮かべていた。

油断なく剣を構えたままで見据えると、ユーリアもそれに応じて素早く別の短剣を取り出す。

「横槍を入れてくるなんて良い度胸ですわね。オバサン」

「オバ……」

「邪魔をしようというのなら私が相手になりますわよ」

エレナの言葉を受けたユーリアは、鬼の形相でエレナを睨めつける。

対してリドの戦いを邪魔させたくなかったエレナは、相手を上手く引きつけられたことに笑みを浮かべていた。

「エレナさん、私も手伝います。地上から伸びている植物もありますし、力になれるはずです。二人であのオバサンを倒しましょう!」

このときミリィが放った言葉はエレナに釣られたからで、悪意はなかった。なかったが、その言葉をユーリアは挑発と捉えたらしい。

「おのれ……。絶対に殺す」

より一層の憎悪を浮かべ、ユーリアは二人の少女たちに照準を合わせる。

「ミリィさん、やりますわね」

「え、ええと……?」

自覚のないミリィを見て嘆息するエレナ。

しかしすぐに気を取り直し、リドへと声をかけた。

「ということですわ、師匠。あのオバサンは私とミリィさんが引き受けます」

「お任せくださいリドさん。リドさんから授かったスキルもありますから」

「……分かった。二人とも、無茶しないでね」

「おっし。あのデカブツは吾輩たちでぶっ倒してやろうぜ、相棒!」

互いに頷き合い、散り散りになるリドたち。

そうして、リドとシルキー、エレナとミリィという形で分かれると、各々が自分たちの敵と相対した。

「フフ、作戦の時間は終わりかな?」

改めて対峙したドライドが、リドたちの頭上から声を投げてくる。

その声には余裕があり、ドライドはこれから実験を行う鼠を見下ろすかのように悠々と構えていた。

対するリドはアロンの杖を握り直し、まだ残っている石柱の裏に回ろうとする。ドライドからは死角になる位置だ。

「愚かな。それで私を攪乱《かくらん》できるとでも？」

ドライドはリドの姿を遮った石柱に向けて拳を突き出した。

石柱もろとも吹き飛ばせば問題ないという、酷く単純な思考から導き出された攻撃手段だ。

「むっ……」

しかしドライドの攻撃は空を切る。というよりも、石柱のその奥にリドはいなかった。

「今だ、相棒！」

ドライドの放った凄まじい威力の攻撃により散乱する石の瓦礫《がれき》。その礫《つぶて》をシルキーの張った防御結界で凌《しの》ぎながら、リドはソロモンの絨毯に乗って宙へと逃れていた。

「いけっ――！」

ただ逃れただけではない。

リドは宙に浮く絨毯の上でアロンの杖を振りかざし、先程よりも近距離から光弾を射出する。

「その攻撃は通用しないと――むっ」

リドが光弾を放ったのはドライドに向けてではなかった。

アロンの杖から放たれた光の弾は、ドライドの頭上、即《すなわ》ち地下神殿の石造りの天井に命中する。

「……っ。小癪な」

今度はドライドが崩れてきた石の瓦礫に襲われる番だった。

ドライドは鬱陶《うっとう》しい蝿《はえ》を潰すかのごとく、巨大な腕で瓦礫を振り払おうとする。

「その程度で私を倒せると思ったら大間違いだよ」

「はい。これで倒そうなんて思ってません」

「なっ――」

破壊された瓦礫に紛れて、リドがドライドの至近距離まで接近していた。

それだけではない。

リドの手にはアロンの杖に替えて、巨大な槌が握られている。

「雷槌《らいつい》・ミョルニル――。神器解放……！」

リドは唱え、手にしていた大槌を全力で振り下ろす。

途端、辺りを揺るがすほどの雷鳴が轟き、ドライドが防御すべく構えた両腕《りょうわん》を大槌が捉える。

「ドライド様っ！」

「他を気にしている余裕なんてありませんわよっ！」

「くっ……！」

地上ではエレナとユーリアの攻防が繰り広げられていた。

攻撃のあまりの凄まじさにユーリアが反応し、その隙を狙ってエレナが剣を振るう。

体勢の崩れたところを捕捉しようとミリィが《茨の束縛《ソーンバインド》》で狙うが、一瞬早くユーリアは攻撃の範囲外へと逃れた。

その間にドライドの周囲を覆っていた土煙が晴れ、その姿があらわになる。

が――。

「フフ……。危ないところだった。あと少し反応が遅れていたらかすり傷くらいは負っていたかもしれないね」

ドライドは平然とした態度でそこにいた。

リドが持つ神器の中で特に高い物理的破壊力を持つミョルニルでも、致命傷はおろか、目立ったダメージを与えられていないようだ。

「あの野郎。どんだけ硬いんだよ。防御結界でも張ってやがるのか？」

「……シルキーの言う通りかもしれない」

「え？」

「攻撃する瞬間、ドライド枢機卿が何か結界のようなものに覆われているのを見たんだ。まるで、攻撃そのものをなかったことにされているようだった」

ドライドがリドの言葉に反応し、不敵に笑う。

刹那の出来事の最中で気付いたリドを称賛するかのような振る舞いだったが、それだけドライドが自身の優位を確信している証左でもあった。

「しかし相棒、防御結界だったらミョルニルで打ち破れるはずだろ？　あのクソ辺境伯のときみたいに」

「うん。でも、ドライド枢機卿が張っていたのは普通の防御結界じゃなかった」

「普通の防御結界じゃない？」

「色が違ったんだ。普通の結界は緑色だけど、さっきのは黒かった。たぶん、ドライド枢機卿のスキル能力なんだと思う」

「マジかよ……」

リドが地上に降りて召喚を解除すると、手にしていたミョルニルは消失する。その様子を見てドライドは浮かべていた笑みをより一層深くした。

「フフ、ご名答【魔の堅牢】──。それが私のスキルさ。この結界は通常の防御結界の比じゃないからね。突破するのは無理だと思った方がいいよ」

ドライドが大仰に手を広げて言い放ち、シルキーが鼻を鳴らす。

「なるほどな。奴が妙に余裕ぶった態度を続けられるのもあのスキルが理由ってわけか」

「でも、生半可な攻撃じゃ崩せないのは確かだろうね。ミョルニルの一撃でも無理だったとなると……」

「もう打つ手無しかな？　それなら、そろそろ幕引きといこうか」

言って、ドライドが地響きを立てながらリドに近づいてきた。

確かにこのまま戦闘を続ければ、いずれはドライドの猛攻がリドを捉えるだろう。

そう、思われた――。

「シルキー、お願いがあるんだけど」

「ん？」

「僕が別の神器を喚び出す間、全力で防御結界を張っていてほしいんだ」

シルキーがぴんと耳を立てる。

リドの言葉は落ち着いていて、この窮地に直面した者のそれとは思えなかった。

「もしかして……アレを使うのか、相棒？　しかし、アレは召喚するにも時間がかかるだろう？　その間ドライドの奴が大人しく待っててくれるとは思えないぞ」

「うん。だからシルキーが防御結界を張ってくれれば平気かなって」

「はぁ……。お前のそういう大胆無敵なところ、嫌いじゃないけどな」

「ふふ、ありがとうシルキー。信頼してるよ。あと、大胆無敵じゃなくて大胆不敵ね」

シルキーはこの作戦が失敗するとは微塵も思っていなそうな主人に溜息をつき、しかしその後でニヤリと笑ってみせる。

「覚悟は決まったかい？　君らを葬ったら、あちらで戦っている少女たちも仲良く捻り潰してくれるよ」

ドライドは無防備に立つリドに向けて、巨腕を振り下ろした。

生身で喰らえば、即座に肉塊と化すであろう。そう思わせるほどの威力。

しかしその攻撃はリドに届かず、緑色の結界によって阻まれた。

「むっ……」

「へへっ。悪いがお前みたいな奴にやらせねえよ。コイツは吾輩の相棒だからな」

「おのれ、悪あがきを……」

シルキーが張った何層もの防御結界に苛立ち、ドライドは続けざまに拳を振り下ろす。

その最中、リドは目を閉じてひたすらに何かを念じていた。

「何を企んでいるか知らないが、その防御結界も長くは持たないだろう？　そうらっ！」

「くっ……。相棒、早くしてくれると助かるぞ……」

シルキーの防御結界は見事なまでにドライドの攻撃を阻んでいたが、徐々に押されつつあった。

何層も重ねられていた結界も、ドライドが拳を振るう毎に数を減らしていく。

「リドさんっ！」

「馬鹿めが、行かせるものかっ！」

ミリィがリドの方へと駆け寄ろうとするが、ユーリアによって阻まれる。

ユーリアはエレナと交戦しつつも、遠距離から短剣を投擲することでミリィの動きを制限していた。

「ククク、結局は黒水晶を取り込んだドライド様の敵ではなかったようだな！　貴様らもあの世へ送ってくれる！」

勝ち誇った声を上げるユーリア。

その視線の先では、シルキーの張った最後の防御結界をドライドが破壊するところだった。

「さて、これで終わりだ。私も聖職者だからね。せめて楽に逝《い》かせてあげるとしよう」

ドライドが言って、高く拳を振り上げる。

そのときだった。

「ふっふ、そいつはどうかな？　根比べは吾輩の勝ちのようだぜ」

「何……？」

シルキーが笑みを浮かべ、リドが閉じていた目を開く。

まず現れたのは、リドの周囲を取り巻く光の奔流《ほんりゅう》だった。それは炎のように揺らめき立ち、リドが突き出した右手に集約されていく。

光の粒子は一本の長い棒形に姿を変えると、誰の目にもその形状が明らかになる。

「こ、これは……」

それは、神々しく輝く光の槍だった。

リドは握った槍の感触を確かめるように回転させ、両の手で握り直す。

その直後――。

「は？　ば、馬鹿な！　私の手が――⁉」

悲鳴を上げたドライドの片腕、その手首から先が吹き飛んでいた。

ドライドは驚愕の表情を浮かべ、斬り落とされた手と光の槍を持つリドとを交互に見やる。

一方でリドはドライドを静かに見据え、そして呟いた。

「《聖槍《せいそう》・ロンギヌス》召喚――」

「な、何だその槍は……。そんな武器、見たことが……」

ドライドが視線を向けていたのはリドの手にしている一条の槍だ。

その槍は眩いほどに輝いており、穂先からは光の粒子が湯気のように揺らめいていた。

《聖槍《せいそう》・ロンギヌス》――。

たとえリドであっても召喚に相当な時間を要する神器だが、数ある神器の中でも最高級の破壊力を兼ね備える神器である。

「【魔の堅牢《カオスプリズン》】を貫いて私に傷を負わせたというのか……。こんな、こんな小さな少年が……」

「へへ、リドがこの槍を召喚したからにはお前に勝ち目はないぜ。大人しく投降した方がいいんじゃないか？」

「……」

「ドライド枢機卿。先程言った通りです。僕はあなたを全力で止めてみせます」

「……図に乗るなよ」

ドライドが静かに呟くと、斬り落とされたはずの手が再生していた。

恐らくはこれも黒水晶を取り込んだ効果なのだろう。ドライドはモンスターが咆哮するかのように怒気をあらわにする。

「この私に撤退はない！　敗北もない！　必ずやお前を打ち倒――」

「隙だらけです」

「なっ――」

今度は反対側の腕と脚だった。

リドは手にしたロンギヌスを振るい、ドライドの半身を切断する。

「お、お、おのれ……」

当然ドライドも結界を張っていたが、リドが召喚した聖槍ロンギヌスはまるで影響を受ける様子がない。

リドが狙いを定めたものをただ的確に斬り伏せる。

これこそが《聖槍《せいそう》・ロンギヌス》の持つ特殊能力だった。

「ぐ、ぁ……」

四肢の半分を失ったことにより、地面に這いつくばるドライド。しかし、それでもなお、ここで引くことはできないと思ったのだろう。

野望に執着した黒い巨獣は、リドに恐れを抱きながらも自身の負けを認めようとしない。

「く、そ……。こうなったら……」

ドライドは辺りに散乱していた黒水晶を無造作に掴み、それをそのまま噛み砕いた。

そうしてドライドが新たな黒水晶を体内に取り込むと、周囲に黒い炎のような邪気が集まっていく。

「フ、ハハハハッ！　この地下神殿を破壊し、貴様らもろとも沈めてくれる！」

「……っ」

ドライドが大きく開口すると、白く尖った牙の奥で漆黒の弾が形成されていた。

モンスターの中でもドラゴンなどがブレス攻撃を放つことがあるが、それと似た攻撃方法だろうとリドは理解し、ロンギヌスを引いて構える。

「死ねいっ！」

射出された黒弾は石畳の床を粉々に砕きながらリドのもとへと迫ってきた。

しかしリドは動じない。

リドの傍にいたシルキーもまた、相棒に疑うことのない信頼を寄せ、その場を離れようとしなかった。

「神器、解放――」

リドが静かに唱え、眼前に迫った黒弾にロンギヌスを突き入れる。

その直後、黒弾は塵のように霧散し、完全に消失した。

「ば、ば、馬鹿な……。こんな、ことが……」

信じられない現象に愕然とするドライド。

リドから距離を取るように後退《あとずさ》りしたのは、生物として本能的な行動だったのかもしれない。

「これで終わりです」

黒弾を打ち消したそのすぐ後で、リドは即座に次の行動を起こす。

よろめくドライドに向けて疾駆し、そしてそのまま、黒い巨獣の中心部へと光の槍を突き入れた。

「ウ、ゴガァアアアアア――――！」

リドの突き刺したロンギヌスから光が放出されるのと、ドライドが断末魔の叫びを上げるのはほぼ同時だった。

何かを砕くような音と共に激しい発光が起こる。

そして光が収まる頃には、元の人間の姿に戻ったドライドが気を失い、地に伏せっていた。ロンギヌスの効果により、ドライドの体内にあった黒水晶のみを破壊したのだ。

リドはロンギヌスを下ろし、そっと目を伏せる。

それはまさしく、浄化の祈りだった。

「そ、そんな……。ドライド様が……」

リドとドライドの攻防を目撃したユーリアが呆然と立ち尽くす。

そしてその隙をエレナとミリィは逃さなかった。

「他を気にしている余裕なんてないと、言ったはずですわっ！」

「しまっ――」

「そこですっ！」

ミリィが植物の蔦を操作し、距離を取ろうとしたユーリアを捕縛する。

そこで決着はついていた。

エレナが腹部に剣の柄頭《つかがしら》を叩き込むと、ユーリアは意識を失いガクリと頭を落とす。

見事な連携で残ったユーリアも捕縛し、リドたちは各々の敵を完全に制圧した。

「ふぅ……」

「やった！　やりましたリドさんっ！」

ミリィが大きな歓声を上げ、リドたちは互いの勝利を称え合おうと歩み寄る。

しかし、それも束の間。

リドたちのいる地下神殿にはまた別の問題が発生していた。

「な、何か辺りが揺れてますわ」

「これは……。むっつりシスターが大声を上げたから、ここいら一帯が崩れようとしてるんじゃないか？」

「わ、私のせいですか⁉」

「もしかすると、戦闘の余波で石柱が何本か折れたからその影響かもしれない……」

地震のような響きを立てて、地下神殿の天井が崩落し始める。

「どどど、どうしましょう師匠。このままじゃみんな仲良くペチャンコですわ……！」

「ふ、ふふ……。これはマズいな。吾輩もさっきので防御結界を使いきっちまったらしい」

「笑ってる場合じゃないですよシルちゃん！　……そうだっ！　私のスキルで植物の根を操作すれば……！」

「ミリィ、お願い！」

リドたちは身を寄せ合い、一箇所にまとまった。

ミリィは即座にスキルを発動させ、気絶したドライドやユーリアごと包むように植物の根による防護壁を作り上げる。

それはさながら植物で形成された殻のようだった。

そして――。

「お、おい！　お前ら大丈夫か!?」

暫く時間が経過して、辺りの揺れが収まった頃。

ミリィが作った植物の殻の外、上の方から聞いたことのある声が飛んできた。

ラクシャーナ王の声だ。

どうやら地下神殿が崩壊したことで、地上からリドたちのいる場所まで吹き抜けになったらしい。

「な、何とかなった、かな……」

リドが呟き、一同は互いの無事を確認して大きく息をついたのだった。

★★★

「そうか、そんなことが……」

地下神殿の崩壊を無事に乗り切った後、リドたちのもとにはラクシャーナ王とバルガス公爵が駆けつけていた。

事前に揺れを察知したせいか、幸いにも崩落に巻き込まれた他の人間はおらず、地上での被害は地下神殿の上に位置していた王都教会の一部損壊に限定されているようだ。

リドたちがラクシャーナとバルガスの二人に地下神殿で起きたことの顛末を説明し、今に至る。

「しかし、黒水晶がそこまでの力を持っていたとはな。それに王家を陥れようという計画。見抜けなかった自分が恥ずかしいぜ」

「リド君じゃなければ達成できなかったな、今回の件は。いや、今回の件も、か。ガッハッハ」

ラクシャーナが束縛されたドライドへと目をやりながら腕を組む。

ドライドとユーリアの二名は未だ気絶したままで、ラクシャーナの配下に取り囲まれていた。

この後二人は連行され、次に目を覚ますのは獄中になるのだろう。ラクシャーナの話によれば、ゴルベールも合わせ尋問が行われた後に、然るべき処罰が下されるとのことだ。

王都教会についても解体されるか、王家の管轄のもとで組織再編を余儀なくされることは想像に難くない。

リドが様々な想いを胸にその光景を見やっていたところ、唐突にラクシャーナが膝をついた。

「ラクシャーナ王……？」

「リド少年よ。此度の件、一国の王として感謝を述べる。君はこの王都の……いや、ヴァレンス王国の英雄だ」

「い、いえいえっ。そんな恐れ多いですよ。それに、今回の件は僕だけじゃなくて、みんながいたからできたことです」

慌てて手を振り恐縮するリドを見て、「何かまたいつもの光景だなぁ？」とシルキーが呑気に呟く。

その言葉に弛緩した空気を感じ、ミリィとエレナもまた顔を見合わせて笑っていた。

「しかしなぁ。これだけの功績を上げた人間に何もなしというのは王としても沽券《こけん》に関わるんだよなぁ」

「そ、そう言われましても」

「王都にリド少年の銅像でも建てるってのはどうだ？　こう、中心地にドデンと」

「それは絶対にやめてください」

リドがきっぱりと拒否すると、隣でやり取りを聞いていたバルガスが声を上げて笑う。

それに釣られたのか、ミリィもエレナも笑い声を上げる。シルキーはやれやれと溜息をついていたが、どこか楽しげだ。

ラクシャーナが一人「それじゃ、どうすっかなぁ」と頭を抱えていたが、何かを思いついたのか、不意に手を叩いて顔を上げる。

「ふっふっふ。良いことを思いついたぜ。これならきっとリド少年も喜んでくれるだろう」

「……？」

ラクシャーナは不敵に笑みを浮かべていたが、リドにはその意図が分からなかった。

エピローグ

「リドさん。リドさーん。朝ですよー」

「……」

ドライドとの死闘を終えて数日が経った朝のこと。

ラストア村へと戻ってきていたリドは自室で深い眠りについていた。

先日の戦闘で多くの神器を召喚して疲労が溜まっていたから、などという理由ではない。いつもの如く、朝が弱いからという非常に単純な理由である。

部屋の中には柔らかな陽光が降り注ぎ、平和な日常が戻ったことを祝福してくれているかのようだった。

「相変わらずですね、リドさん。もうエレナさんもラナお姉ちゃんもご飯食べちゃったというのに。どうやったらスッキリ目覚めてくれるんでしょう?」

「だから目覚めのアレだよアレ」

窓辺で前足を枕にしていたシルキーがミリィをからかうのもいつも通り。

シルキーは特に理由もなく尻尾を跳ねさせながら、大口を開けて欠伸をしていた。

「も、もう……。シルちゃんってば相変わらずですね。あんまりからかうと、干し魚のおやつ抜きにしちゃいますよ」

「よかろう。全員戦争といこうじゃないか」

「全面戦争、ですね。さりげなくみんなを巻き込まないでください。それと、シルちゃんがからかうのを止めてくれればいいだけですよ」

ミリィが膨れ面になりながら異を唱えたが、シルキーは聞く気などないという風に顔を擦っている。どうやらシルキーにとってミリィをからかうのは趣味となりつつあるらしい。

「でも、困りましたね。今日は色々とやらなきゃいけないこともあるからリドさんにも早く起きてほしいんですが」

「本当にそう思ってるならやれるはずだよなぁ？」

「……」

シルキーは懲りずにミリィをからかう。呆れてしまったのか、言っても無駄だと思ったのか、ミリィからは何の反応も返ってこない。

そろそろやめてやるかとシルキーがまたも大きく欠伸をしたときだった。

「お？　わっぷ。何するんだむっつりシスターめ！」

「……」

何を思ったのか、ミリィが窓掛け用の布を解いてシルキーにばさりと被せたのだ。

突然視界を遮られたおかげでシルキーは慌てふためき、余計にからまってしまった。

「…………」

三十秒ほどかけてシルキーがからまっていた布から頭を出すと、ミリィは背を向けていて喋らない。

まだ怒っているのかとシルキーが首を傾げるが、そうではなかった。

「お前な、吾輩への仕返しのつもりか？　良い度胸じゃないか」

「……」

「……？」

シルキーが怪訝な顔を向けてもなお、ミリィは何も言わない。

何をしていたかシルキーに知られれば、きっとまた、からかわれるだろうと思ったからだった。

「ん、ううん……。あ、おはようミリィ」

幸いにも、それからすぐにリドは目を覚ました。

眠い目を擦り、大きく伸びをして、それから傍に立っていたミリィを見やる。

「あ……。お、おはようございます、リドさん」

リドはそこで妙な違和感を覚えた。

でも結局、明確に何がおかしいかは分からなかったので、リドは特に尋ねることもせずにベッドから降りる。またシルキーにからかわれでもしたんだろうと、そう決めつけながら。

「ごめんね、また起きるのが遅くなっちゃったみたいで。今日は教会に行かなくちゃ駄目な日だよね」

「そ、そうですね……」

「……？」

やはりミリィの様子はどこかおかしく、その変調は階下で朝食を取り、教会へと向かうまで続いた。

★
★
★

「師匠、起きたんですのね！」

「おはようエレナ。朝の鍛錬？　精が出るね」

リドとミリィ、シルキーが教会へ向かう道中。

既に二人と一匹より早く朝食を済ませ、剣の鍛錬に出かけていたエレナが駆け寄ってきた。どうやら何体かモンスターも倒してきたようで、ブラックウルフの牙やら爪を抱えている。

エレナはここのところ朝に出かけていくことが多く、密かに実践を積んでいた。

この間の戦闘でまだまだ強くならないといけないと実感したらしく、今は自身の授かったスキルの能力をより向上させるためにも励んでいるというわけだ。

リドも昼や夕方には鍛錬に付き合って戦闘の指南をしているのだが、朝はもちろんエレナ一人で出かけている。

「聞いてください師匠。今日でいよいよレベル９９になったんですのよ」

「おお、それは凄いね。大台までもう少しだ」

「ええ。これでついに最高レベルまであと一歩ですわ」

「……あの、エレナ」

「はい？」

「エレナのスキルで上げられるレベルって100が最高じゃないんだけど……」

「なん、ですって……？」

そういえば明確に言及していなかったとリドは反省した。

初めてスキル授与を行ったときに「レベル100を目指して頑張ろう」と言った覚えがあるが、どうやらエレナの中ではそれが最高到達地点になっていたらしい。

しかし、落ち込むかと思ったエレナは満面の笑みを浮かべている。

「それは朗報ですわ！　まだまだ私は強くなれるというわけですのね！　さすが師匠の授けてくれたスキルですわ～！」

小躍りしながら喜ぶエレナを見て、シルキーがやれやれと溜息をついて呟く。

「喜ぶのはいいけど、たまには実家にも顔を出してやれよ。バルガスのおっちゃん、寂しそうにしてたぞ」

「そ、そうですわね。それでは今度、皆さんもご一緒に」

「エレナさんのお家、私も行ってみたいです！」

「吾輩も一緒にか？　面倒だな」

「シルキーさん、来ればたっぷりおやつがありますわよ」

「よし、いつにする？」

即座に手の平を返したシルキーをリドがたしなめ、一同は教会の前までやって来た。

教会の入り口付近では何やら人だかりができていて、カナン村長やミリィの姉であるラナの姿も見える。

「おお、リド殿」

「おはようございます、カナン村長。この集まりは？」

「実は先程ラクシャーナ王から書簡が届きましてな」

「ああ……」

リドがその言葉で察し頷くと、カナン村長はリドたちの前に一枚の羊皮紙を広げた。

それは重厚なつくりの紙で、頭には「認定書」と大きく書かれている。

リドの頭に乗っていたシルキーが身を乗り出し、そこに続く文字を読み上げた。

「ラストアを聖地として定める、か……。あの王様、本当に実行したんだな。見ろよ相棒。伝説の神官が愛した土地だとかも書いてあるぞ」

「う……。それは書かないって約束だったのに」

シルキーの言葉にリドが頭を抱える。

リドたちが王都でラクシャーナと別れる前――。

ラクシャーナはリドの功績を称えて、褒美を取らせることを約束していた。

その褒美とは、ラストア村を「聖地」と定め、ヴァレンス王国の中でも重要な意味を持つ土地として認定すること。

行商などの面でも王家からも十分な支援を行うなど、それまでは一つの村に過ぎなかったラストアに対して破格の条件の数々を提示したのだ。

特別な思い入れのある土地の活性化に繋がることで、この条件はリドにとって喜ばしいものだった。

ただ一つ、認定書に「伝説の神官」などと記載されていることを除けば、だが。

「それでですな。村長の私としてもリド殿に贈り物をしたいと考えておりまして。村の中央広場にリド殿の銅像を建てようかと思っており――」

「謹《つつし》んでお断りします」

にべもなく言われてカナン村長がシュンとする。

それを見てラナが「リド君らしいな」と漏らしていた。

「でも、良かったじゃないかリドよ。今までやってきたことが一つ報われたみたいで吾輩も相棒として鼻が高いぞ」

「そう、だね。嬉しいことには違いないよ」

「この分だと、他国の人間たちも巡礼とか言ってやって来そうだけどな。リドに天授の儀をやってほしいとか言って」

「それは、うん。嬉しい、のかな？」

リドが歯切れ悪く言って、そこにいた皆が声を上げて笑っていた。

思えば、ラストアに左遷されてから色々とあったものだと、リドは感慨を抱く。

リドにとってはそのどれもが懐かしく、そしてかけがえのないものだった。多くの人たちと関わりを持ち、様々なことを経験して……。

そうして、これまでのことを振り返りながら、リドは心の内で再認識した。

自分にとっての特別は、やはりここにあるのだと――。

《了》

あとがき

はじめましての方ははじめまして。お久しぶりですの方はまたご縁があり嬉しいです。

作者の天池《あまいけ》のぞむです。この度は本書をお手に取っていただき誠にありがとうございます。


さて、本作の主人公リドですが、神官というちょっと変わった職に就いています。

本作は元々WEB小説サイトで投稿していた作品なのですが、昨今のWEB小説で神官というと、主人公に異能の力を授ける脇役（というより名前すら出てこないキャラ）という役回りであることが多いんですよね。

そんな本来であれば陽の目を浴びない職業ですが、「いやいや、でも神官って普通に考えて凄くない？」「むしろ神官が主人公やったら面白い物語になりそうじゃない？」と思いを膨らませていった結果、本作が生まれました。

また、ちょっぴり生意気でお茶目な黒猫シルキーや、むっつりシスターのミリィ、ハイテンションお嬢様のエレナなど、本作には個性豊かなキャラクターがたくさん登場します。個人的にも思い入れの強いキャラたちですし、ぜひ今後の絡みなども書いていけたらなぁと思う所存です。

それから大事なことを一つ。

本作についてですが、コミカライズ化が決定しました！　詳細についてはまた決まり次第SNSや公式サイトの方で告知があるかと思いますが、ぜひ漫画でもリドたちの物語を楽しんでいただけましたら幸いです。


最後になりましたが謝辞などを。

まずは担当のM様、いつも本当にありがとうございます。本作の書籍化にあたりお力添えいただき大変感謝しております。ぜひ今後ともよろしくお願い致します。

また、この作品に手を挙げてくださったK様。こうして世に刊行できる運びとなったこと、大変嬉しく思います。とても親切に対応してくださりありがとうございます。

イラストを担当してくださったゆーにっと様。とても素敵なイラストの数々をありがとうございます。表紙絵などは家に飾りたいくらいです。素晴らしいところを語りきれないのが残念です。

本書に関わってくださった方々。皆様のお力のおかげで本作がこうして世に出ることとなりました。いくつもの大変な作業を本当にありがとうございました。

そして、この本をお手に取っていただいた読者の皆様に最大限の感謝を。今後も面白いと思っていただける物語をお届けできるよう精一杯頑張ります！

それでは、また続刊でお会いできることを願いつつ。

天池　のぞむ

Ryakudatsutsukai No Nariagari

唯一無二の
最強テイマー
~国の全てのギルドで門前払いされたから、
他国に行ってスローライフします~
著 赤金武蔵
Illust LLLthika
1~3巻好評発売中!!
幻の魔物たちと一緒に
大冒険!!
【無能】扱いされた少年が成り上がるファンタジー冒険譚!
©Musashi Akagane

SSS級スキル配布神官の辺境セカンドライフ 1
～左遷先の村人たちに愛されながら最高の村をつくります！～

発　行
2023年12月15日　初版発行

著　者
天池のぞむ

発行人
山崎　篤

発行・発売
株式会社一二三書房
〒101-0003　東京都千代田区一ツ橋2-4-3 光文恒産ビル
03-3265-1881

編集協力
株式会社パルプライド

印　刷
中央精版印刷株式会社

作品の感想、ファンレターをお待ちしております。

〒101-0003　東京都千代田区一ツ橋2-4-3 光文恒産ビル
株式会社一二三書房
天池のぞむ 先生／ゆーにっと 先生

Printed in Japan, ISBN 978-4-8242-0071-6 C0093
※本書は小説投稿サイト「小説家になろう」（https://syosetu.com/）に掲載された作品を加筆修正し書籍化したものです。